태어나지 않은 아이를 위한 기도

Kaddis a meg nem született gyermekért

KADDIS A MEG NEM SZÜLETETT GYERMEKÉRT (KADDISCH)
by Imre Kertész

세계문학전집 391

태어나지 않은 아이를 위한 기도

Kaddis a meg nem született gyermekért

임레 케르테스

이상동 옮김

민음사

차례

"……더 어둡게 바이올린을 켜라, 그러면 연기가 되어
너희는 공중으로 오른다,
그리고 너희는 구름 속에 무덤을 갖는다,
거기서는 비좁지 않게 누울 것이다."
　　　　　　　　　　— 파울 첼란, 「죽음의 푸가」

“아니요!” 나는 바로 그 즉시, 한 치의 망설임도 없이, 본능적으로 말했다. 왜냐하면 우리의 본능이 우리의 본능에 반하여 작동하는 것이, 말하자면 우리의 반(反)본능이 우리의 본능을 대신하고, 더욱이 본능인 것처럼 작동하는 것이 이미 아주 자연스러워졌기 때문이다 — 이를 한낱 재치 있는 말장난 정도라 생각한다면, 이처럼 적나라하고 비참한 진실을 그저 재치 있는 말장난에 불과한 것이라 생각한다면, 나는 말장난을 하고 있는 것일 게다 — 나는 맞은편에서 다가오고 있는 한 철학자에게 이야기한다. 폐결핵과 유사한 질병인 왜화병(矮化病)에 걸려 간신히 들릴 만큼만 자그마하게 씨근거리듯 바람 소리를 내며, 뭐라고 불러야 할지 모르겠지만, 너도밤나무 숲인지 너도밤나무 잡목 숲인지에서 그도, 나도 순간 발걸

음을 멈춘 뒤였다: 사실 나무에 관한 한 완전히 무지한 나지만 예외적으로 소나무만은 그 바늘 모양의 이파리 때문에 알아볼 정도는 된다. 물론 플라타너스 나무도 있는데, 그건 내가 좋아하는 나무이기 때문이다. 지금도 여전히 내가 좋아하는 것은 나의 반본능으로도 알아볼 수 있다. 가슴을 저미거나, 위장을 움켜쥐는 듯한 고통, 막 출발선에서 신호를 기다리거나, 몹시 기대에 부푼 기분, 그러니까 머릿속에 불이 환하게 켜지는 듯한 느낌으로 내가 몹시 싫어하는 것을 알아보는 것만큼 뚜렷하지는 않지만 말이다. 어째서 항상 모든 것이 모든 면에서 내게서만은 다른 것인지 그 이유를 난 모르겠다. 행여 내가 알고 있더라도, 내가 모르고 있다고 알고 있는 편이 보다 수월하다. 왜냐하면 이 편이 많은 해명을 피할 수 있기 때문이다. 하지만 해명하는 일을 피할 수는 없어 보인다. 우리는 항상 무언가 해명하고 변명한다. 해명할 수 없는 현상과 감정의 복합체인 삶조차도 우리에게 해명을 요구한다. 우리를 에워싸고 있는 모든 것들이 해명을 요구한다. 그리고 마침내 우리 스스로도 우리 자신에게 해명을 요구한다. 결국 우리는 우리 주변을 에워싸고 있는 모든 것들과 우리 자신을 지나치리만큼 과도하게 해명하여 완전히 무너뜨리는 단계까지 이르게 된다 — 나는 내가 끔찍이도 싫어하는 일이지만, 아무 할 말이 없음에도 불구하고, 말하지 않으면 안 될 것 같은 어떤 억누를 수 없는 강박에 압도당한 채, 또 내가 우려하는바, 마치 내가 나의 현존을 끊임없이 갈망하기라도 하는 듯, 스스로를 내던질 정도로 과장된 친절함으로 철학자에게 해명한다. 그에게

지나칠 정도로 공손한 나의 태도는 마치 레스토랑이나 택시 안에서 지불하는 당치 않은 팁이나, 공무원이나 준공무원을 매수할 경우 살포된 엄청난 양의 뇌물과 다를 바가 없는 것이다. 맙소사. 그저 나는 숲에서 — 비록 병이 든 것처럼 빈약한 떡갈나무 숲에서지만 — 산책을 시작했을 뿐이었다 — 실내 분위기가 조금은 신경 쓰여서 — 야외에서 내 기분을 전환할 목적이었다. 이렇게 말하는 것은, 우리가 이 말의 의미를 따져 묻지만 않는다면야, 이 말이 자연스럽게 들리기 때문이다. 혹 그 의미를 따져 본들 어쩌겠는가, 어쩌면 내 머리를 맑게 해 주어야 할 필요가 없는 것처럼, 이 말에도 별다른 의미는 없다. 사실, 나는 내부로 새어 들어오는 바람에도 극도로 예민한 사람이다; 여기 헝가리 중부 평범한 산골짜기의 누군가에게는 생업의 장소라지만, 우리에게는 휴양소라 불리는, 한 숙소에서 당분간(지금은 이 단어가 제시하는 의미에 대해 논하지 않겠다.) 나는 시간을 — 보냈고 — 또 보내고 있다. (나는 항상 일을 하고 있지만, 이것은 그저 생계를 위한 필연적 선택만은 아니다, 왜냐하면 내가 일을 하지 않더라도, 나는 **생존할** 것이기 때문이다. 또 내가 생존하더라도, 어떤 일을 하게 될지 나는 모른다. 하물며 내 세포와 내장이 분명하게 예감하고 있을지라도, 차라리 내가 모르는 편이 더 나을 수도 있다. 아마도 이 때문에 나는 쉬지 않고 일하고 있는 것일 게다: 내가 일하는 동안 나는 존재한다. 만일 내가 일하지 않게 된다면, 내가 존재할지 안 할지를 누가 알겠는가. 때문에 나는 이것을 심각하게 받아들이고 있으며, 더불어 심각하게 받아들여야만 한다. 여기 내가 생존하는 것과 나의 일 사이에 가장 심각한 관계들이 존재하기 때문이다. 이것은 더할 나위 없이 명백하다.) 말하자면 투숙 허가를 받은 이 숙소에서 난 나와 비슷한 부류의 지식인들로 구성된 잘난 모임의 인물들과의 접촉만은 어떻든지 피할 수가 없기 때문에, 나는 ── 기껏해야 타자기 소리만이 내 은신처의 비밀을 누설하고 있는 ── 내 방 안에 쓸데없이 죽은 듯이 누워 있는 것이다. 내가 아무리 복도에서 발소리를 죽이고 슬그머니 걸어 봐야 소용없다. 끼니만큼은 때워야 하기에, 이때가 되면 한솥밥 먹는 사람들이 자신들의 존재를 알리려는 듯이 무례하게 다가와서는 나를 에워싼다. 난 산책만큼은 하려고 한다, 때마침 숲의 정중앙에서 땅딸막한 체격에 어울리지도 않게, 앞쪽이 납작하게 눌린 갈색과 베이지색 체크무늬의 헌팅캡을 쓰고, 헐렁한 래글런 외투를 입고, 흐릿한 눈빛의 눈을 가늘게 뜨고, 부풀어 오른 밀가루 반죽처럼 크고, 말랑말랑하게 부푼 얼굴로 나와 마주 보며 느닷없이 다가오는 자가 있으니, 그는 바로 철학자 오블라트 박사다. 그의 신분증에 표기된 정보로도 확인이 가능한 박사 오블라트의 직업은 중산층 보통의 직업으로, 다름 아닌 이마누엘 칸트, 바뤼흐 스피노자 또는 에페수스의 헤라클레이토스와 같은 철학자다. 그가 철학자라면 나 역시 작가이자 문학 번역가라고 할 수 있겠다. 다만 나는 내 직종에 속하는, 진정한 작가들이자 ── 때로는 ── 진정한 문학 번역가들이었던 거장들과 나 자신을 비교함으로써 나 자신을 더욱 우스꽝스럽게 만들지는 않으려 한다. 그러한 비교 따위 없이도 나 자신이 충분히 우스꽝스럽기 때문이다, 사실 문학 번역가로서 나의 활동은 일 하는 사람이라는 것을 어느 정도 객관적으로 입증해 내기 위한 노력이 요구될 수밖에 없다, 그래야 많은 사람들 눈에 — 특히 관공서 직원들 눈에, 그리고 이유가 다르긴 하지만, 나 자신의 눈에도 — 그나마 하나의 직업이라는 인상만큼은 주기 때문이다.

"안 돼!" — 내 아내가(이미 오래전부터 내 아내가 아니긴 하지만) 처음으로 그에 관해서 — 너에 관해서 — 언급했을 때, 바로 그 즉시 무엇인가 나를 노호하며 울부짖게 만들었다. 그리고 내 안의 흐느낌은 서서히, 정말 긴 시간이 흐른 뒤에야 어떤 우울한 고통의 세계로 변해 가며 잦아들었다. 마치 저 유명한 이별 장면에서 보탄의 격렬한 분노가[1] 점점 여려지는 현악기 소리들과 함께 잦아들듯 희미해져 가는 가운데, 마치 서서히 번지는 오래된 악성 질병처럼, 내 안에서는 한 가지 의문이 차츰 또렷한 윤곽을 갖게 되었다. 이 의문의 정체는 너, 보다 정확하게는 나 자신이지만, 아무튼 너로 인해 의문을 갖기 시작했는데, 더욱더 정확하게는(그리고 이 점에 관해서는 오블라트 박사도 대체로 동의했다): 나의 존재를 너의 존재 가능성으로 간주할 때, 그러니까 더할 수 없이 최대한으로 표현의 정

---

1) 빌헬름 리하르트 바그너의 대작 「니벨룽의 반지」의 2부 「발퀴레」에서, 신들의 신 보탄은 훈딩과 지크문트의 결투에서 브륀힐데가 아버지 보탄의 명령을 거역하고 지크문트를 도와주자 갑자기 나타나 아들 지크문트에게 준 마법의 검 노퉁을 두 동강 내 버린다. 이로 인해서 지크문트가 훈딩에게 치명상을 당하고 쓰러져 숨을 거두자, 브륀힐데는 부러진 노퉁을 챙겨 들고 훈딩의 집에서 도망쳐 나온 그의 아내 지클린데를 말에 태워 달아난다. 분노한 보탄이 그 뒤를 쫓는다.

확성을 기한다면, 또 일종의 자학적인 태도를 갖는다면, 나는 살인자와 같은 것이다. 그저 고맙게도, 때는 이미 늦어 버렸고, 때는 항상 늦을 것이지만. 너는 존재하지 않는다, 난 꽤나 정확하게 나 자신을 알 수 있기에, 내가 이 "안 돼."라는 말로 모든 것을 망가뜨리고 산산조각 낸 이후에도, 난 내 실패한 짧은 결혼 생활에 대해서 철학 박사인 오블라트에게 평정심을 가지고 — 이야기하고 있고 — 이야기했던 것이다. 삶이 절대로 가르쳐 줄 수 없었던 이 평정심을, 나는 꼭 필요한 경우에, 이미 상당히 능숙하게 발휘하게 되었다. 그리고 지금 이 순간이 꼭 그러한 경우였는데, 이 철학자가 생각에 잠긴 채 나에게 다가왔기 때문이다. 나는 약간 옆으로 기울어 있는 그의 머리를 보고는 곧바로 알아차렸던 것이다. 그는 앞 챙이 달린 헌팅캡을 불량스레 팡파짐하게 눌러 머리 위에 얹어 놓은, 이미 술 한두 잔을 걸친 상태로 다가오는 우스꽝스러운 노상강도와도 같았다. 그 순간 나를 때려눕힐지 말지, 내게서 얼마의 몸값이라도 받아 낼지 궁리하는 것처럼도 보였다. 하나 그에게는 당연히 이런 말을 하지 않았다: 유감스럽게도, 오블라트는 절대 그 같은 생각을 가져 본 적이 없을 것이다, 어떤 철학자가 노상강도 짓을 할지 고심하겠는가, 하지만 전문적인 강도들이나 하는 그런 비열한 행위를, 행여나 그가 저지르게 될 경우, 그러한 일은 그에게 있어서 중대한 철학적 문제로 대두될 것으로 보인다. 오블라트 박사에 관한 이런 연상이 그저 나만의 엉뚱한 생각이자 단순한 의구심만은 아니었음을 우리는 이미 그와 비슷한 경험으로 알 수 있다. 나는 그의 과거를 모른다, 바라건대 그가 내게 그런 이야기는 하지 않았으면 한다. 그럼에도 그는 마치 어떤 노상강도가 내 주머니 속에 돈이 얼마나 있는지 묻는 것처럼, 적잖이 무분별한 질문으로 나를 깜짝 놀라게 했다. 그러니까 그는 내 가족 상황을 꼬치꼬치 캐기 시작했다. 내가 그의 가족 상황에 대해서 조금의 관심도 없었음에도 불구하고, 그는 마치 선수를 치듯이 먼저 자신의 가족 상황에 대해 털어놓고는, 당연하다는 듯, 내가 자신에 관해서 모든 것을 알게 되었으니, 자기도 나에게 그럴 만한 권리라도 있다는 듯이…… 어쨌든 이런 식으로 말을 장황하게 늘어놓는 일은 그만둬야겠다. 말과 글이 비비 꼬여 가며, 게다가 잘못된 방향으로, 잔소리하는 편집증적인 방향으로 휩쓸려 가고 있다는 그런 느낌이 내 의식으로 파악되었기 때문이다. 불행하게도, 요즈음 여러 번 이런 증세가 나를 급습해 왔다. 그리고 그 원인들은 내게 있어서 너무나도 분명하다(외로움, 고립감, 자발적인 이탈). 그렇다고 이런 이유들 때문에 내가 불안해하지는 않는다. 어쨌든 이 모든 것을 나 자신이 만들어 냈기 때문이다. 사실상 이러한 것은 나중에 나를 삼켜 버릴 그 어떤 것인가를 만들기 위해서 한쪽 끝에서 다른 쪽까지 흙더미를 쌓으며 내가 파내야만 하는, 훨씬 더 깊은 도랑을 파기 위한 처음 몇 번의 삽질과 같은 것이다. (어쩌면 나는 땅이 아닌, 오히려 넉넉한 공간이 있는 하늘에다 도랑을 파고 있는 것이다) ─ 오블라트 박사가 내게 한 일은 그저 나에게 아이가 있는지 무심코 질문을 던진 게 전부였다; 어쨌든 철학자 특유의 세련되지 않은 솔직함으로, 그러니까 자기 멋대로, 어쩌면 있을 수 있는 최악의 순간에 말이다; 하지만 자신의 질문으로 인해, 과연 얼마만큼 내 속이 뒤집어졌는지에 관해서 그는 알 수 없었을 것이다. 이런 질문에 내가 과장된 정중함, 거의 극기에 가까운 과장된 정중함에서 비롯된, 답변의 강박감을 느끼리라는 것을 그가 어떻게 알 수 있겠는가. 말하는 내내 그것이 혐오스러웠음에도 불구하고, 나는 이렇게 이야기했다:

"아니요!" — 나는 바로 그 즉시, 한 치의 망설임도 없이, 본능적으로 말했다. 왜냐하면 우리의 본능이 우리의 본능에 반하여 작동하는 것이, 말하자면 우리의 반본능이 우리의 본능을 대신하고, 더욱이 본능인 것처럼 작동하는 것이 이미 아주 자연스러워졌기 때문이다: 그렇다, 이 무의미하게 긴 답변 때문에, 무의식적인, 뭐라고 설명할 수 없는(이와 관련해서, 내 기억이 맞는다면, 이미 앞서 몇 가지 언급했던 것과 같은, 엄청나게 많은 이유가 있긴 하지만) 나 자신의 굴욕감 때문에 오블라트 박사, 그러니까 박사 오블라트, 철학자에게 나는 복수를 하고 싶었던 것이다. 그때 나는, 내가 묘사했듯이, 병이 든 것처럼 빈약한 너도밤나무(아니면, 보리수나무 숲일 수도 있는) 숲의 정중앙에서, 그러니까 앞 챙이 납작하게 눌린 헌팅캡을 쓰고, 헐렁한 래글런 외투를 입고, 게다가 흐릿한 눈빛의 눈을 가늘게 뜨고서, 동시에 밀가루 반죽처럼 크고 말랑말랑하게 부푼 얼굴을 한 그를 — 나의 이런 생각에는 변함이 없을 것이다 — 정말이지 완벽하게도 실제 모습과 부합되게 묘사했던 것이다. 어쩌면 그에 관해서 조금은 다르게, 보다 균형 잡힌

16

방식으로, 보다 관대하게 묘사할 수도 있었을 것이다. 그러니까: 어쩌면 애정을 가지고 말이다. 하지만 나는 이미 모든 것을 오로지 빈정거리는 듯한 문장으로, 조롱하듯이, 어쩌면 약간은 분풀이라도 하듯이(이런 것까지 판단할 의무 따위는 없다), 일면 설득력 없게 묘사해 버렸는지도 모른다. 내가 어떤 특정 어휘들을 사용해서 묘사를 시작하려 할 때, 마치 누군가 내가 쥐고 있는 펜을 계속해서 잡아당기듯이, 종국에는 내가 의도했던 어휘들을 대신한, 어쩌면 아쉽게도 나에게는 애정이 존재하지 않기 때문인지, 애정이 깃든 묘사란 것이 결코 나올 수 없다는 듯이 생각지도 않았던 어휘들을 쓰게 된다. 하지만 — 맙소사! — 대체 내가 누구에게 애정이라는 것을 가질 수 있을까, 또 왜 그래야만 한단 말인가. 설령 오블라트 박사가 애정을 느끼도록 말했다 치더라도, 좀 더 선명하게 기억하고 있는 그의 말 몇 마디가, 나를 몹시도 거슬리게 만드는, 그 결과 (내가 나중에 했던 말을 빌리자면: 숙명적으로) 내가 마음에 담아 둘 정도였다 하더라도 말이다. 그는 말했다, 자신은 아이가 없으며, 나이가 들어 갈수록 노화로 인한 어려움을 겪고 있는 아내 이외에, 자신에게는 아무도 없다고 말이다. 철학자는 조금은 모호하지만, 어쩌면 내가 그를 제대로 이해할 수 있도록, 그처럼 표현할 수도 있을 테지만, 조금은 더 분별 있게 자신을 드러내려 했기 때문에, 내게 이해시키고자 하는 모든 것을 내가 이해하도록 나에게 떠넘겨 버렸다. 그리고 나는 이해하고 싶지 않았지만, 그럼에도 그를 이해하게 되었다. 오블라트 박사가 계속 말하기를, 정말 최근에 와서 자신에게 자식이 없다는 것에 관한 생각이 훨씬 더 빈번해졌다고 한다. 때문에 지금 여기 숲속 오솔길에서도 이 문제에 대해 곰곰이 생각하던 중이었다고 했다. 보다시피, 그는 그것을 내뱉지 않을 수 없었다는 것이다. 그 또한 나이를 먹고 있기 때문에, 그로 인해서 그 어떤 가능성들이, 가령 여전히 아이를 가질 가능성과 같은 일이, 그에게는 점차 가능하지 않은 일이 될 뿐만 아니라, 아예 불가능한 일이 되어 가고 있다는 것이다. 사실 최근 들어서 이러한 생각을 자주 하게 되었는데, 그는 아이를 갖지 않는 것이 일종의 "의무에 대한 태만 행위"라는 생각이 든다고 말했다. 이 말을 하며 오블라트 박사는 오솔길에서 발걸음을 멈추었다. 그사이 우리는 함께 걷고 있었던 것이다. 이 두 사회적 존재는, 낙엽 위에서 대화를 나누고 있는 두 남자는, 풍경화가의 캔버스 위에 놓인 두 개의 슬픈 점이자, 어쩌면 자연의 조화를 근본적으로 못쓰게 만들어 버린, 이전에 결코 존재한 적이 없던 두 개의 점이 되어 있었다. 내가 오블라트와 발걸음을 맞추었는지, 아니면 그가 나와 발걸음을 맞추었는지는 기억이 나질 않는다. 어쨌든 아무 의미도 없는 질문을 만들 필요는 없다. 맞다, 오블라트 박사와 함께 걸었던 것은 당연히 나였다. 어쩌면, 그에게서 벗어나기 위해서였을 것이다. 내가 원하는 순간이 오면 난 내가 갔던 길을 되돌아올 수도 있기 때문이다; 여하간 오블라트 박사는 여기 오솔길에서 멈춰 섰다. 그러곤 한껏 부푼, 여기저기 이미 터질 듯한 얼굴에 낙담한 듯한 굳은 표정만을 지었다. 그러니까, 그는 교만해 보일 수 있는 자세로, 비스듬하게 모자를 눌러쓴 머리를 뒤로 젖힌 채로, 시선은 맞은편의 나뭇가지를 응시하며, 남루하게 다 해어진 누더기지만, 아직은 누군가가 입고 갈 수 있도록 준비된 옷과 같은 자세로 서 있었다. 그리고 내가 오블라트의 자기력(磁氣力)에, 반면 오블라트는 나무의 자기력에 이끌려, 거기 그렇게 말없이 서 있는 동안, 나에게는 철학자가 어떤 그럴듯한 비밀스런 속내를 털어놓음으로써 머지않아 내가 그 발언의 증인이 되리라는, 그 같은 예감이 들었다; 그리고 마침내 오블라트 박사가 말문을 열기 시작했을 때, 정말 그와 같은 일이 일어났다, 그가 말하기를, 이미 일어난 일이든, 아직 일어나지 않은 일이든, 의무에 대한 태만 행위로 생각한다고 말한다면, 다소 추상적일 수도 있지만, 솔직히, 이 땅에서 개인적이고 또 초인적인 일을 제대로 해냈든지 — 아니 오히려, 제대로 해내지 못했다는 것이 정확하다면, 대를 잇는 일에 대해 생각하지 않을 수 없다는 것이다. 그러니까 실존 밖에 있는 존재와, 존재 그 자체를 위해서 계속해서 살아가며 살아남기 위한 행위를 자손들을 통해 연장하고, 늘려 왔다는 것이다. 그것은 (실존을 초월한) 인간, 초월적이라 말할 수 있는 인간이란 것이다. 어쩌면 삶에 반해서 매우 현실적인 인간의 의무라는 것은, 스스로를 불구이자 쓸모없는 존재로, 궁극적으로는 생식 불능의 인간으로 여기지 않게 하는 것일 게다; 그리고 의지할 곳 없는 노년을 위협하는 예측들에 대해 생각하지 않는 것이다. 아니, 사실은 다른 생각을 하고 있는 것이다: "감정의 석회 질화"를 걱정하고 있는 것이다. 오블라트 박사는 정확히 이 표현을 사용해서 말했었다. 그러는 사이 그는 겉으로는 우리의 출발점인, 휴양소를 향해 다시 오솔길을 걷기 시작한 듯 보였다, 하지만 사실은 그가 감정의 석회질화 쪽으로 나아가고 있음을 난 이미 깨닫고 있었다. 그리고 그의 산책길에 충실한 동행자로서 합류했던 나는 충격적인 그의 말에 당연히 동요되었다. 이미 그가 갖고 있는 두려움에는 미치지 못하겠지만, 내가 우려하는(좀 더 정확하게 말해서 차라리 내가 의지하고, 또 분명히 알고 있는) 두려움이란 것은, 그저 일시적인, 더 이상의 무엇도 아닌 것으로, 성스럽고, 영원한 세상에서 마치 일종의 성수반(聖水盤)에 적셔질 두려움일 뿐이다. 왜냐하면 어느 날 이 같은 두려움이 닥치더라도, 우리는 더 이상 그것을 두려워하지 않을 것이기 때문이다. 그 두려움이 우리를 두려움에 떨게 했다는 것조차 기억하지 못할 것이다. 두려움이 이미 우리를 집어삼켜 목구멍까지 두려움이 차올라 있으므로 두려움은 우리의 것이기도 하고 우리는 두려움의 것이기도 하다. 두려움이란 단지 구덩이를, 무덤을, 하늘에 파고 있는 (언젠가 내가 편히 누울 수 있는) 무덤을 만드는 데 필요한 나의 삽질일 뿐이다. 어쩌면 이런 이유 때문에, 철학자에게가 아니라, 나 자신에게 혼잣말을 하고 있는 것일 게다. 감정의 석회질화는 두려워해야 할 것이 아니라, 받아들여야 하는 것이다. 우리가 적극적으로 환영할 정도는 아니지만, 우리를 향해 내민 도움의 손길처럼. 그것은 분명 우리를 무덤 쪽으로 가도록 도울 것인바, 어쨌든 우리에겐 도움이 될 것이다; 아니면 다른 이유를 들 수도 있을 것이다. 카푸스 씨, 세계는 우리에게 적대적이지 않고, 그리고 거기에 위험이 있다면, 우리는 그것을 사랑해보려고 애써

야 합니다;[2]

　말하자면, 이것은 철학자에게 하려는 말도 아니고, 라이너 마리아 릴케에게서 그렇게 많은 편지를 받을 수 있었던 행운아 카푸스 씨에게 하려는 말도 아니다. 그저 이러한 위험들을 내가 이미 사랑하고 있음을, 오직 나 자신에게 하는 말이다. 그렇다고 이것이 전적으로 옳다고는 생각하지 않는다, 그 속에도 어떤 오류가 존재하고 있음을 난 끊임없이 듣고 있는데, 이는 마치 어떤 지휘자가 전체 합주에서 악보에 들어간 인쇄 오류 때문에 가령 잉글리시 호른이 반음 높은 음을 내는 소리를 즉시 식별해 내는 것과 같은 것이다. 그리고 난 이 잘못된 소리를 내 안에서뿐만 아니라, 나를 에워싸고 있는, 가깝든 멀든, 그러니까 내 우주적 환경 속에서도 지속적으로 듣고 있다. 마치 여기 곁눈질하고 있는 자연의 품 안에서처럼, 병든 떡갈나무들(또는 너도밤나무들), 악취가 나는 개울과 폐병에 걸린 나뭇잎들 위로 희미하게 빛나는 구질구질한 색조의 하늘과 같은, 그런 환경에서, 친애하는 카푸스 씨, 나는 "작가가 되어, 작품을 낳고, 만들려는" 그 어떤 마음의 충동도 전혀 느낄 수가 없습니다. 그 마음이라는 것도 그러니까 세상에서 성공한 작가라는 영속적이고도 위대한 확증과 현실화가 없이는 무(無)에 불과하다. 사물들과 동물들……. 그렇다, 그들은 쓸데없이 우리의 기분만 상하게 한다(그저 이 정도만 언급하자), 심정적으로

---

2) 체코 프라하 태생인 라이너 마리아 릴케가 시인 지망생 프란츠 크사버 카푸스라는 청년과 주고받은 오 년간의 편지글을 모은 『젊은 시인에게 보내는 편지』에서 인용한 말이다.

야, 우리 혈액의 흐름과 악몽들에 관해서 차분히 더 잘 집중하기만 한다면야, 솔직히 ── 그리고 나는 오직 이 점에서 모든 혈액의 흐름과 모든 악몽들로부터 울려 나오는 수천의 동의가 조화를 이루는 것을 느낀다 ── 육체가 쇠약해지고, 기분이 못마땅해도, 병이 들어서도 우리는 여전히 그리고 의연하게 살고 싶을 것이다. 그렇다, 우리가 이토록 무기력해져, 살아가는 것이 불가능할 때조차도 그렇다……. 바로 그런 이유 때문에, 이런 감상적인 분위기에 빠져드는 것을 피하기 위해서. 덧붙여 말하자면 모든 면에서 그렇지는 않지만, 적어도, 나 또한 관련된 모든 일에서, 잉글리시 호른의 틀린 음정을 다시금 분명하게 듣고 있는 상황을 피하기 위해서 나는 설령 현명하지는 않을지라도, 철학적인 질문을 그에게 던졌던 것이다. 이건 왜 이런 건지? 이런 게 완전히 늙고 쇠약해진다는 것인지? 우리가 결정적으로 어디서 그리고 언제 우리의 "권리를 엉망으로 망쳐 놓았는지"? 어째서 그토록 엄격하고도 극단적으로 우리가 지금 알고 있는 것을 더 이상은 알 수 없다는 것인지, 등등. 마치 내가 알고 있는 것을 알지 못하기라도 하는 것처럼, 하지만 말하고자 하는 억제할 수 없는 강박감을 받아, 어떤 두려움이, 어떤 **공간외포(空間畏怖)**가 발동해서 말이다: 이제 오블라트 박사의 얼굴에는 직업적인 철학자의, 헝가리 중부 산악 지대에 거주하는, 중산층 생활 수준의, 중도 성향의, 중년 나이의 보통 체구를 한, 평범한 시각을 소유한 직업적인 중도 지식인의 표정이 다시 자리를 잡았다. 또한 냉소적이지만, 기쁨에 찬 그의 미소가 만들어 낸 주름들이 그의 갈라진 눈을 완전히 삼켜 버렸다. 어딘가 꾸민 듯한, 둘러대는 표현에 길들여진 그의 목소리, 지극히 현실적인 일들이 코앞에 닥쳤을 때만 잠시 주춤거리던 그의 목소리에도 순간적으로 중립적인 상태가 찾아왔다. 가히 정색에 가까운. 우리는 숙소를 향해 느릿느릿 걷기 시작했다, 우리 두 사람, 사실상 잘 차려입고, 신수가 좋은, 용모와 풍채가 번듯한, 일반적인 상식을 갖춘, 중년의 평범한 지식인들, (우리 둘 모두 각기 다른 방식으로) 살아남은 생존자, 여전히 살아 있긴 하지만, 절반은 죽은 자들. 우리 두 사람은 우리와 같은 지식인들 사이에서 나눌 수 있는, 매우 쓸모없는, 그런 대화를 나누었다. 우리는 어째서 존재하는 것이 불가능한지에 관해서 차분하지만, 따분하게 이야기를 나누었다; 우리의 삶을 단순히 지속 가능하게 만드는 것은 실은 야만성으로, 보다 고차원적인 의미와 시각에서 볼 때, 존재하도록 허용할 수는 없는 것이다. 간단히 말해 이미 일어났음에도 그런 일들이 지속적으로 다시 일어나고 있기 때문에, 이것만으로도 허용할 수 없는 이유는 충분하다; 좀 더 지성을 갖춘 인물들 또한 이미 아주 오래전 존재를 위해 현존을 허락하지 않았다는 사실에 관해서 언급하지 않더라도 말이다. 제기된 또 다른 한 가지는 —— 물론 내가 모든 것을 전부 기억할 수는 없지만, 이 단순한 혼란과 우연의 결과로 시작된 대화 가운데 수백의 유사한 대화가 윙윙거리며 한층 더 공허하게 울렸다. 어떻게 망각으로부터 되살아나는 일천 사랑의 밤이 고귀함과 고결함으로 단 하나의 창조적 사고를 가득 채우는 것인지 ——, 사실 내가 모든 것을 기억할 수는 없지만, 내가 보기에, 제기된 또 다른 한 가지는 이것이다: 존재를 목적으로 현존하려는 모든, 무의식적인 노력이란 것도 **결코** 아무런 편견 없는 순수함의 상징은 아닐 수 있다라는 것이다. 과장되게 말했을 경우 그것은 정말 불가능한 것인가. 반대로 그것은 하나의 징후인 것인가. 어떤 희생을 치르더라도 삶이 지속되어야만 한다면, 그렇다면, 무의식적으로도 삶은 지속될 수 있다는 징후인 것이다. 만일 그렇다면, 마땅히 **오로지** 더 **높은** 차원에서만 (오블라트 박사가) 다다를 수 있는 그러한 생존에서 실패할 경우, (두 사람에게는) 그 어떤 어렴풋한 표식도 없을뿐더러 오히려 정반대의 것이 드러나게 것이다. 아무것도 인지할 수 없는 상태로의 침몰. 더욱이 의도화된 무지몽매는 명백한 정신 분열증 증세로……. 더 나아가, 그로 인한 시대정신의 체험(나 자신)과 실현(오블라트 박사)은, 종교, 문화 및 기타 의식 행사를 위한 수단들의 부재로 인한, (어쨌든 모든 시대정신이 항상 추구하는 것이?), 오늘날의 유일한 재앙인 것이다……. 이런 식으로 계속해서, 우리는 잘못된 음정의 잉글리시 호른을 불고 또 불었던 것이다. 그사이 황혼 무렵 어슴푸레한 안개가 흔들림 없이 굳어 있는 나무들 위로 천천히 내려앉고 있었다. 이 안개 속 심연에는, 원자핵처럼, 견고하디견고한 휴양소 건물이 숨어 있었다, 그곳에서는 저녁 식탁이 준비되어 있었고, 곧 달그락거리는 식기들, 쨍 하고 부딪히는 잔들, 웅성웅성하는 대화의 속삭임이 이어졌다. 그러곤 이 단순한 실제에서도 잘못된 음정의 잉글리시 호른이 슬픈 한숨 소리를 냈다; 아무튼 숨길 수 없는 사실은 오블라트 박사에게서 벗어날 요량으로

걷던 길을 되돌리지는 않았다는 것이다: 주문에 걸린 듯 그리고 말하고자 하는 강박감을 숨기고 있는 내 공허함과 이 공허함 때문에, 그 이유를 알 수는 없지만, 분명 이 공허함 때문에 느꼈던 나의 불안한 양심(혐오감)으로 인해서 난 끝까지 그와 함께 있었다. 그건 내가 듣지도 않고, 보지도 않기 위해서 또 내가 이야기하게 될 것에 대해서 말할 필요가 없게 만들려는 의도였다. 어쩌면 내가 글로 써야 했을 것들에 대해서도 말이다. 그렇다, 그날 밤 난 벌을 받은 것일까 — 아니면 상을 받은 것일까? — 아무튼, 돌연 날씨가 변하여, 갑자기 몰아친 폭풍우로, 우르릉 쾅쾅 울리는 천둥소리로, 불길하게 뻔쩍이며 부딪치는 거대한 번개로 인해, 하늘 전체를 가로지르는 기다란 상형 문자가 새겨졌다, 흩어지면서 꾸불꾸불해져 갔지만, 꾸밈없이, 간결하고, 명확해서, 적어도 나 자신만은 또렷하게 읽을 수 있는 글자였다, 그 전체는, 이미 내가 말했었듯, "안 돼!" — 가 전부였다, 왜냐하면 우리의 본능이 우리의 본능에 반하여 작동하는 것이, 말하자면 우리의 반본능이 우리의 본능을 대신하고, 더욱이 본능인 것처럼 작동하는 것이 이미 아주 자연스러워졌기 때문이다.

"안 돼!" — 그 즉시 어떤 망설임도 없이, 내 안에서 무엇인가 흐느끼며, 울부짖었다, 그리고 아주 오랜 세월이 지난 후에야 비로소 나의 흐느낌은 천천히 가라앉았다, 하지만 결국 강박증적인 고통으로 변하여, 천천히, 불길하게, 서서히 퍼지는 질병처럼, 하나의 물음이 되어 내 안에서 더욱 뚜렷한 형태를 갖추어 가기 시작했다 — 혹시 네가 검은 눈동자를 가진 딸

아이로 태어나지는 않을까? 너의 작은 코 주위에는 주근깨가 엷게 흩어져 있지는 않을까? 아니면 네가 고집 센 아들인 것일까? 너의 눈은 회청색 조약돌처럼 근사하고 힘찰까? ── 물론, 나의 삶을 너의 존재의 가능성으로 생각할 경우에 해당하는 말이겠지만 말이다. 그날 나는 밤이 새도록 오로지 이 질문만을 깊이 생각했다. 이따금 눈부시게 번쩍이는 번개에, 이따금 어둠 속에서 어른거리는 두 눈을 하고, 대기가 사납게 날뛰다 변덕스럽게 정지된 순간에도 마치 이 질문이 벽을 타고 지나가는 것 같았다, 그러니까 지금 내가 여기 이 지면에 기록하고 있는 문장들은, 마치 그날 밤에 쓰기라도 했던 것처럼 받아들이라는 듯이. 그날 밤 나는, 글을 쓰기보다는 그저 삶을 견디고 있었을 뿐이지만, 살아 견딘다는 것, 그건 수많은 통증이 몸을 훑고 지나는 것으로, 무엇보다 기억의 통증들인(코냑 반 병 또한 마셨다) 것이다, 어쩌면 내가 항상 지니고 다니는 수첩, 노트, 메모 용지철 위에다 그저 몇 개의 불명료한 단어들을 적었을지도 모른다. 이 단어들은 나중에 다시 기억해 낼 수 없는 것들이었지만, 혹시 기억해 낸다고 해도, 그렇다고 해도 그 의미를 알지 못하는 것들이었다. 시간이 더 지나면서 전부를 잊어버렸다. 비로소 오랜 시간이 지난 뒤 내 안에서 다시 이날 밤에 대한 기억들이 되살아났다. 그리고 글로 써내야 했다면, 그날 밤 써내야 했던 것들을 기록하기 위한 시도를 해볼 수 있기까지, 또다시 여러 해가 지나야 했다. 어쩌면, 그 하룻밤이 짧지는 않았겠지만, 내가 기록했어야 했던 것들을 써낼 수 있기에는, 너무나도 짧았다. 하지만 아무리 글을 쓸 수 있었다 하더라도, 이날 밤은 내게 그저 시작에 불과했기에, 아마 처음이 아닐지 모르지만, 어쨌든 긴 여정의 첫 걸음, 다시 말해, 의식적인 자기청산의 길고도 긴, 누구도 그 여정의 끝을 알 수 없는, 하늘 높이 파고 있는 나를 위한 — 의심할 바 없는 — 무덤을 향한 최초의 삽질이었다. 그리고 이 질문은 — 내 삶을 너의 존재의 가능성으로 생각할 경우 — 좋은 안내자로 판명되는 것이다. 그렇다, 마치 네가 너의 그 작고 섬세한 손으로 나를 붙들고, 결국은 어디에도 닿을 수 없는, 기껏해야 전혀 쓸모가 없는 불변의 자아 인식까지만 도달할 수 있는, 이 길로 나를 끌고 가는 듯했다. 그리고 그 길은 전적으로, 길 위에 불쑥 나타나는 장애물들과 방해물들을 제거해도 된다면 — "해도 된다"는 것이 대체 무슨 의미인가, "해야 된다"라고 말한들 무슨 의미가 있겠는가 — 비로소 시작될 수 있는 것이다; 가장 먼저 평범한 지능을 소유한 나의 존재를 제거함으로써, 말하자면 근절함으로써, 그러니까, 말하자면, 나의 이러한 태도는 마치 에이즈에 감염된 상황에서 나돌아 다니는 용의주도한 난봉꾼인 듯, 보다 정확히 말해서 난봉꾼이 된 것처럼, 단순히 피임 용구를 사용함으로써 나의 존재를 뿌리 뽑을 경우, 나는 이미 그보다 더 나빠질 것도 없는 지식인도 아니며, 지식인이라 할 수조차 없는, 아무런 존재도 아닌 것이다. J. W. G.[3]가 나는 사인(私人)으로 태어났다라고 말했듯, 난 개인적인 생존자로 살아남았을 뿐이라 말하는 것이다.

---

3) 요한 볼프강 폰 괴테(Johan Wolfgang von Goethe).

나 자신이 문학 번역가이며 또 문학 번역가가 되어야 한다면, 난 적어도 문학 번역가인 것이다. 극심한 생활고에도 불구하고 난 결국 성공한 헝가리 작가라는 옹색한 직업을 완전히 저버렸던 것이다. 비록 (이미 오래전 다른 사람의 아내가 된) 내 아내가 나란 사람은 작가가 되기 위해 갖춰야 할 모든 자질을 가지고 있다 말했었지만(당시 이 말은 조금은 나를 당혹스럽게 했다), 그 말의 의미는, 내가 예술가적인 혹은 다른 어떤 원칙들을 포기해야 한다는 의미는 아니었던 것이라고 그녀가 말했다. 그녀가 하려 했던 말은, 내가 소심해져서는 안 된다는 것이라고 했다. 그보다는 차라리, 그러니까 (내가 예술가적인 또는 다른 어떤 원칙들을 포기하려는) 노력을 덜 할수록, 이러한 원칙들, 또는 궁극적으로는 나 자신의 실현을 위한 노력을 더욱 기울일수록, 사실 이런 일은 모든 사람이, 세상에서 가장 위대한 작가들조차 지속하는 일이 아닌가, 나에게 해가 될 것이 없다는 것이었다. 그녀는 내게 물었다, 성공을 원하지 않는다면, 당신은 어째서 글을 쓰고 있죠? 그렇다, 이건 분명 피할 수 없는 질문이다. 하지만 아직은 그 질문에 대답할 때가 아니다; 그리고 슬프지만, 어쩌면 그녀는 내 마음속을 꿰뚫어 보았고, 어쩌면 그녀가 전적으로 옳았을 수 있다. 어쩌면 난 성공한 헝가리 작가라는 옹색한 직업을 유지하기에 필요한 그와 같은 현실적인 모든 자질을 소유하고 있을 — 있었을 — 것이다. 나는 그 옹색한 직업의 투명한 고상함을 그토록 잘 깨닫고 있었던 것이다. 또한 난 글을 쓰는 데, 분명, 어울리는 재능을 소유하고 있을 — 있었을 — 것이다. 내게 만일 그런 재능들이 없었다면, 난 습득할 수도 ─ 습득했었을 수도 있다 ─ . 만일 내가 생존에 대한 나의 모든 불안과 두려움을 단순히 맹목적인, 제멋대로의, 게다가 그다지 매력적이지는 않아도, 적어도 타인의 관심 정도는 끌 수 있을 만큼의 자기애로 바꾸거나, 혹은 도덕적 망상증과 타자에 대한 끊임없는 판단을 요구하는 일로 바꾼다면 말이다; 하지만 보다 중요한 사실은, 이보다 위험한 사실로, 그것이 내 안에 성공하지 못한, 성공과는 오히려 거리가 먼 작가라는 옹색한 존재에 어울리는 자질이 더 많이 존재하고 있었다는 것이다. 그리고 나는 이 점에서 또다시 나의 아내를 떠올리지 않을 수 없으며, 이러한 면에서도 그녀가 옳았다. 일단 한번 성공을 추구하는 길에 발을 딛게 되면, 남은 것은 더 성공하거나, 성공을 잃어버리는 길뿐이다. 제3의 길은 없다. 아마도 이 두 가지는, 서로가 다른 종류일지라도, 한 치의 다름도 없이 옹색하기 그지없는 것들이다. 그리하여 나는 한동안, 마치 알코올 중독에 빠져들듯이, 문학 작품을 번역하며 가수(假睡) 상태로 도피했다. 아내가 했던 말들이 떠오르면서, 이미 아주 오래전부터 좀처럼 떠올리지 않았던 아내에 대한 기억 또한 떠오르기 시작했다, 이미 오래전부터 아내를 떠올리는 일은 좀처럼 없었지만, 어디선가, 우연히 혹은 일부러라도, 대개는 예외 없이 (헤어진) 아내의 우연을 가장한 의도였지만, 우리가 마주칠 때조차도 그랬다. 아내는 나에 대해 아련한, 도무지 헤아릴 길이 없는 죄책감이 뒤섞인 노스텔지어를 느끼고 있는 것 같다. 난 적어도 그것만은 알아채고 있었다. 그리고 그것을 알아챌 때면 나는, 그녀가 느끼는 이 노

스탤지어는 자신의 젊은 날과 나를 위해 허비한 짧은 몇 년
의 시간에 대한 것이라고 생각한다. 그녀가 이런 노스텔지어
를 품고 있다면, 도무지 헤아릴 길 없는 끝 모를 죄책감으로
부터, 의심할 바 없이, 결코 의심해 본 적도 없는, 그녀가 옳았
다는 인식으로 인한 것이다, 그렇기 때문에 그로 인해서 아무
런 저항 없이 형성된, 자신의 정당성에 대한 자의식으로 해소
되는 것이다. 말하자면, 난 그 어떤 일로도 그녀를 탓하지 않
는다. 감히 어떻게 — 맙소사! — 무엇 때문에 내가 그녀에게
잘못을 묻겠는가. 그녀는 삶을 살고 싶어 했을 뿐인데. 나에게
그녀가 했던 말들이 떠오르면서, 그녀에 대한 생각이 떠올랐
다. 그녀 생각이 나면서 완전히 실패했던 짧았던 내 결혼 생활
이 떠올랐다. 내 결혼 생활을 떠올리자 마치 해부용 탁자 위
에 펼쳐진 것처럼 그것이 내 앞에 나타났다. 이미 오래전에 차
갑게 식어 버린, 내 결혼 생활의 사체를, 내가 다른 모든 것들
을 흔쾌히 관찰할 때처럼, 따스하게, 애정을 가지고, 그러나 어
떤 경우에도 냉철함을 잃지 않고 관찰하면서, 나는 앞서 인용
했던 내 아내의 말들로부터 나 자신을 위해서 값싸고 지저분
한, 어떤 보잘것없는 승리를 꾸며 내지 않기 위해서 주의를 기
울였다. 그러한 말들이, 배우자의 입장에서는, 뭐라고 해야 할
까, 여하튼 듣기 불쾌한 말들이었음에도 말이다. 하여간 내 결
혼 생활을 나 자신으로부터 얼마간 거리를 두고 바라보았음
에도, 너무나 이해할 수 없는 것이기에, 결국 나의 몰이해로
인해서 되레 단순하고 아주 철저하게 이해 가능한 것으로 설
명되는, 더불어 모든 것이 명료해지는 밤 나는 살고자 하는 본

능이 나의 아내로 하여금 그런 말들을 내뱉게 했다는 것을 알 게 되었다. 그녀의 생존 본능은 나의 성공을 필요로 했던 것 이다. 시작부터 그녀의 일부가 되어 버린 그 특별한 낭패를, 혐 오스럽고, 이해하기도 어렵고, 용납하기도 어려운, 부조리한 낭패를 잊기 위한, 하지만 난 그것을 낭패라기보다 일종의 영 광이라고 여겼는데, 아니, 이건 좀 지나칠 수 있고, 그보다는 오히려 형체를 갖추어 가는, 진주 광택의 연약한 조개껍질 같 은 것을, 나는 우리가 처음 만났던 순간 이내, 그러니까 무심 결에, 그녀에게서 알아차렸다.

그게, 어디, 누군가의 집에서 있었던 조금은 볼꼴 사납고, 몰골스러운 수다 모임에서 그녀가 느닷없이 떨어져 나왔을 때 였다, 마치 산고를 겪고 있는 자궁처럼, 어수선하게 한 덩어리 가 되어 무의식적인 경련을 동반한 이완과 수축을 반복하며, 살아 숨 쉬고 있는 고깃덩이와 유사한 무리로부터 그녀가 벗 어났던 그 순간; 그녀는 무리에서 벗어난 후 녹청색 카펫 위 를 가로지르며, 마치 배를 가른 돌고래를 뒤에 버려두고 바다 위를 걷듯이, 당당하게 그러나 조금은 수줍은 듯 내 쪽으로 발걸음을 옮겼다, 그리고 나는, 곧바로 또, 어떻게 말할까, 무 심결에 이런 생각을 했었다: '정말 예쁜 유대인 여자군!' 그리 고 지금도 여전히 그런 말을 할 때가 있다, 꽤 드물기는 하지 만, 거의 예외 없이 (헤어진) 아내의 우연을 가장한 의도로, 우 리가 어디에선가 마주칠 때면, 카페에 마주 앉은 그녀가, 내가 나의 감각을 차단해야 하는 동안 감각을 차단할 수 있도록 내 게 진정제, 수면제, 신경 안정제 등의 처방전을 써 주는 동안,

앞으로 숙인 그녀의 머리를, 얼굴 옆으로 흘러내린, 윤기 흐르는, 숱이 풍성한 그녀의 머리카락을 바라볼 때면, 지금도 여전히 그런 말을 할 때가 있다. 내가 나의 감각을 차단해야 할 때면, 내가 보고, 듣고, 또 느껴야만 하는 것을, 적어도 무감각하게라도 보고, 듣고, 느끼기 위해서라면, 그러니까, 이런 말을 아직 해 본 적이 없는데, 대체 무엇 때문에 난 그런 말을 해야 하는 것일까, 난 이미 내가 무슨 이유로 이 기록이 나 외에 다른 사람과 관련성이 있는 것처럼 말하고 있는지 잘 알고 있다, 나는 글을 쓴다, 나는 써야 하기 때문에 글을 쓴다, 그리고 우리가 글을 쓴다는 것은, 우리가 하나의 대화를 나눈다는 것이다, 난 어디선가 읽은 적이 있다.[4]

신이 존재했던 동안, 우리는 신과도 대화를 나누었을 것이다, 그리고 더 이상 신이 존재하지 않는 지금, 아마도 인간은 다른 사람들과, 혹은 조금 나은 경우 자기 자신과 대화를 나누고 있을 것이다, 즉 마음 내키는 대로, 혼잣말을 하거나 중얼거리는 것이다, 나는 내 아내가(이미 오래전에 다른 사람의 아내가 되었지만) 의사라는 사실을 아직 언급한 적이 없다, 그것이 대단한 일이라 말하지 않은 것이 아니다, 잠시도 그런 생각은 하지 않았다, 그녀는 단지 피부과 의사에 불과하다, 하지만 그녀는 자신의 직업을 대단히 진지한 것으로 생각한다, 그녀가 다른 모든 것들을 진지하게 대하듯; 그렇다, 그녀가 내게 처방전

---

4) 케르테스는 전역한 후 소설가의 꿈을 키우면서 생계를 목적으로 번역 일을 했는데, 이때 헝가리어로 번역한 니체의 작품은 그에게 많은 영향을 주었다.

을 써 주고 있는 지금 이 순간에도(얼마나 비열하고도 교활하게 내가 그녀를 이용하고 있는 것인가, 우리의 단순한 간헐적 만남조차도 얼마나 나를 위해 활용하고 있는 것인가), 나는 여전히 그런 생각을 하고 있다: '정말 예쁜 유대인 여자군!' 아, 그런데 내가 어떻게 지금도 이런 생각을 하고 있는 것일까, 마음에도 없으면서, 동정이라도 하듯이, 나 자신을, 그녀를, 모두를 또 모든 것을 동정이라도 하듯이, 슬프게도, 내가 예전에 생각했던 것과는 전혀 다른 그런 느낌을 가지고서 말이다: '정말 예쁜 유대인 여자군!': 그래, 그때 내가 생각했던 방식대로라면, 자연스럽지만 저열하게도, 남근이 불끈거리며, 그저 수컷이라면 생각하는, 마초, 유대인 학살자, 다른 모든 저급한 사내들과 같은 생각을 했을 것이다: 정말 예쁜 유대인 여자군, 정말 예쁜 집시 여자군, 정말 멋진 깜둥이, 프랑스 여자군, 안경 쓴 여자군, 우와 어쩜, 가슴 빵빵한 여자군, 엉덩이가 빵빵한 여자군, 가슴은 작아도 엉덩이만은 빵빵한 여자군 등등. 더더구나, 내가 예전에는 미처 알지 못했던, **수컷들뿐만 아니라 오히려 그 반대로**, 당연한 얘기지만, 암컷들도 정확히 수컷들이 생각하듯 그런 생각을 한다는 사실이다, 반대로 생각해도, 결국은 **정확히 동일하다는 것**을 나는 깨닫게 되었다, 오래전에 수족관처럼 조명을 꾸민 카페에서 나는 이런 경험을 했었다, 그곳에서 나는 다름 아닌 나의 (헤어진) 아내를 기다리고 있었는데, 옆 테이블에서는 두 여성이, 두 명의 예쁜, 젊은 여성이 대화를 나누고 있었다, 그리고 이때 나에게 단번에 세상이 뒤집어지는 것 같은 일이 벌어졌다, 거의 문자 그대로, 나는 갑작스런 위경련과 함께 자유 낙하 하는 느낌과 더불어 까마득한 내 어린 시절과 아주 오래된 내 강박 관념 속으로 내동댕이쳐졌다, 그 강박의 기원은, 뭐랄까, 하나의 당혹스러운, 일생에 걸쳐 당혹감을 야기할 장면이었다, 그 장면은 세월이 지난 뒤에도 떨쳐지지 않았는데 ─ 누가 알겠는가, 영혼의 투명한 비밀을 꿰뚫어 보고도, 그로부터 벗어나려고 애쓰지 않는 이유를, 그것이 그토록 반감을 줄 뿐만 아니라 신물 나는 일임에도 불구하고 말이다 ─ 나는 후에 이 장면과 나 자신을 때때로 동일시했다, 마치 그것을 느끼고 있는 것처럼, **실제로** ─ 이 아무런 의미 없는 수사를 굳이 들먹인다면 ─ 라고는 차마 말하지 못하더라도, 느낌만큼은 나 스스로 목도했던 내가 된 것 같았다. 여름 방학을 보내기 위해 찾았던, 먼지가 풀풀 날리고 보잘것없는 대평원 지역의 한 마을에서 내가 목도했던 것, 그것은 바로 나였다. 그랬다, 그곳에서 나는 처음으로 유대인들 사이에서 지내게 되었다, 그러니까, 내가 속했던 유대인, 대도시의 유대인, 부다페스트의 유대인이 아닌, ─ 그들은 사실 유대인이라고 할 수 없는 자들로, 당연히 기독교인들도 아니고, 일종의 비유대인 같은 유대인들인데, 속죄의 날에 단식의 의무 정도는 지켰다, 적어도 정오까지는 ─ 진짜 유대인들 사이에서 말이다, 그랬다, 아주머니와 아저씨(그들이 나와 어떻게 맺어진 친척이었는지는 이제 기억나지 않는다, 기억한들 무엇 하겠는가, 이미 오래전 하늘에 그들의 무덤을 파 주었고, 그들은 그곳으로 연기가 되어 올라갔는데 말이다), 그들은 진짜 유대인들이었다, 아침 기도, 저녁 기도, 식사 전 기도, 와인 축성 기도를 올리는, 대단히 점잖은 사람들로, 부다페스트 출신의 어린아이였던 내게는 당연히 견딜 수 없이 따분한 분들이었다, 턱없이 거하고 기름기 많은 음식, 거위구이, 안식일에 먹는 요리, 그리고 플로드니 케이크. 그때는 이미 전쟁이 발발한 후였다, 하지만 우리는 여전히 모든 것이 평화롭고 좋았다, 단지 등화관제 훈련이 실시되었을 뿐, 헝가리는 화염에 불타고 있는 유럽에서 평화의 섬이었다, 여기선 그런 일이 일어날 수 없다, 예컨대, 독일, 폴란드, 보헤미아 보호령, 프랑스, 크로아티아, 슬로바키아, 한마디로 헝가리를 에워싸고 있는 모든 지역에서 일어났고, 끊임없이 일어나고 있는, 그런 일들이 여기 헝가리에서는 아직 일어나지 않고 있다, 어쨌든 이곳은 아니다; 그러던 어느 날 아침 나는 아무 생각 없이 침실로 향하는 문을 열고 들어서려다가, 우뚝 멈추고 뒷걸음질을 쳤다, 크게 소리를 내지 않았지만, 속으로는 비명을 지르면서 그곳에서 돌아 나왔다, 으스스한 장면을 보았기 때문인데, 그것은 나에게 외설스러운 느낌을 주었다, 당시 내 나이를 생각하면 나는 그것이 무엇을 뜻하는지 전혀 이해할 수 없었을 것이다: 머리카락을 모두 밀어 버린 한 여인이 빨간 잠옷을 입은 채 거울 앞에 앉아 있었다. 공포와 혼란에 빠진 내 두뇌가 이 여인을 나의 친척 아주머니와 동일시하기까지는 시간이 필요했다, 이상하리만큼 가늘고도 뻣뻣한 머리카락에, 붉은 기가 감도는 평범한 갈색 머리카락을, 늘 가지고 있었고 그 일이 일어난 후에도 가지고 있던 아주머니; 그날 나는 그녀에게 질문을 던지는 것은 고사하고, 감히 입조차 뗄 수 없었다, 나는 다만 온 힘을 끌어 모아 간절히 바랐을 뿐이다, 내가 그녀를 그곳에서 본 것을 그녀가 눈치채지 못했기를, 나는 당혹스러움과 비밀에 갇혀 어둡고 무거운 분위기 속에서 지냈다, 아주머니는 상점 진열장 속의 마네킹처럼, 반짝반짝 벗어진 머리를 하고, 어떤 때는 시체의 모습으로, 어떤 때는 밤이면 침실에서 거듭나는 이름난 창녀의 모습으로 내 기억에서 되살아났다; 오랜 시간이 흐른 뒤에야, 말할 것도 없이 집으로 돌아온 뒤에야 나는 내가 본 것을 실제로 본 것이 맞는지를 물어볼 용기가 생겼다, 그즈음에는 나 자신조차 내가 본 것을 의심하기 시작했던 것이다; 내 아버지의 웃는 얼굴은 내 마음을 전혀 가라앉혀 주지 않았다, 이유는 알 수 없었지만, 아버지의 이 웃음이 나에게는 경박해 보였다, 경박하고 파괴적으로, 비록 자기 파괴적일 뿐이었지만, 물론 당시 이런 표현들은 — 내가 아직 아이였기 때문에 — 무척 생소한 것들이었지만 말이다, 나는 아버지의 웃음을 그저 바보 같다고 생각했다, 왜냐하면 아버지가 나의 두려움, 나의 공포를, 내 인생에 일어난 최초의 그 의미심장한 변화를 전혀 알아차리지 못했기 때문이다: 우리가 익히 알고 있던 친숙한 아주머니 대신에 빨간 잠옷을 입은 대머리 여인이 거울 앞에 앉아 있었던 것, 그렇다, 그는 내가 느낀 공포를 이해하지 못했다, 이 소름 끼치는 기분을 이해하기는커녕 오히려 나의 공포심을, 비록 매우 친절한 방식이긴 했지만, 더욱더 가중시켰다, 아버지는 내 두려움의 이유를 설명해 주었지만, 나는 그의 설명을 도무지 이해할 수가 없었던 것이다, 다만 그러한 사실에서 연유하는 분명치 않은 어떤 두려움, 보다 정확히 말해 그러한 사실들이 그 자체로, 설명할 수 없고 간파하기 어려운 실체라는 것만은 터득했다; 아버지는 아주머니와 그 친족들은 모두 **폴란드** 사람이라고 했다, 그리고 폴란드 여자들은, 종교적인 이유 때문에, 삭발을 하고 셰이틀이라는 가발을 쓴다고 했다, 시간이 흐른 뒤, 나 자신도 유대인이라는 사실 ― 이것이 대개는 사형 선고와 다르지 않다는 것이 서서히 명백해졌기 때문에 ― 이보다 더 중요하게 받아들여지기 시작했을 때, 비로소 나는, 어쩌면 이 모호하고 특별한 사실 ― 내가 바로 유대인이라는 ― 을 그 사실에 따르는 필연적인 기이함 혹은 최소한 조금 더 익숙한 불빛 속에서 들여다보게 되었는데, 내가 무엇인지를, 나는 이미 너무나 잘 알고 있었다는 것을 불현듯 깨달았다: **빨간 잠옷**을 입고 거울 앞에 앉아 있는 대머리 여자. 그것은 명백한 사실이었다, 유쾌하지도 않을 뿐만 아니라, 잘 이해도 되질 않았지만, 유쾌하지도 않고, 더욱이 잘 이해도 되질 않는 나의 처지, 내가 소속된 집단을 굳이 명명하지 않더라도, 결국 그 사실로 나의 처지는 매우 훌륭하게 정의되었다, 그것만은 부인할 수 없다. 결국 내게 나는 무엇인가에 대한 정의 같은 것은 필요치 않다는 것이 드러났다, 이유는 단순하다, 내가 유대인이라는 생각, 나는 마침내 이 생각과 평화를 맺은 것이다, 비록 그 밖의 유쾌하지도 않을 뿐만 아니라 더욱이 쉽게 이해도 되지 않는 다른 생각들과 차례차례, 아주 천천히 차례대로 평화를 맺어 가야 했지만 말이다, 내가 삶의 종지부를 찍을 때, 이 유쾌하지도 않을 뿐만 아니라, 더욱이 잘 이해도 되지 않는 생각들이 끝나리라는 것을 잘 인지하며, 황혼 녘의 그 어떤 평화와 같은, 평화를 맺었다, 하지만 그 순간이 오기까지는 이 생각들은 철저하게 유용하게 사용될 수 있다, 그 가운데, 물론 가장 중요한 것은, 내가 유대인이라는, 전혀 유쾌하지 않을 뿐만 아니라, 더욱이 잘 이해도 되지 않는, 게다가 때로는 생사를 위태롭게도 하는 사실인데, (나는 모두가 내게 동의할 거라고는 결코 믿지도, 희망지도 않는다, 내게 분노할 사람들이 있을 거라고 생각한다, 솔직히 그들이 나를 증오해 주기를 바라기까지 한다, 특히 유대인이건 비유대인이건 친유대주의자와 반유대주의자 모두), 내가 이미 말했듯이, 이 일의 유용성은 내가 그것을 단지 이렇게밖에 사용할 수 없다는, 달리 사용할 방법은 없다는, 바로 그 사실에 있다: 유쾌하지 않을 뿐만 아니라, 더욱이 잘 이해도 되지 않는 사실, 게다가 때로는 생사를 위태롭게도 하는 사실로서, 어쩌면 전적으로 그 위험성 때문에, 우리가 알고 있듯, 그것을 사랑하려고 애써야 하는 사실로서, 그럼에도 불구하고, 나 개인적으로는, 그것을 사랑하려고 애써야 할 이유는 전혀 없다, 아마도 내가 애쓸 필요가 없는 이유는, 내가 이미 오래전부터 다른 인간, 자연, 그리고 나 자신과도 조화롭게 살아가기 위한 노력을 더 이상 기울이지 않기 때문일 것이다, 나는 그 안에서 되레 어떤 도덕적 비참함을 보고 있는 것 같다, 일종의 역겨운 도착증, 오이디푸스적 관계 또는 볼썽사나운 남매 간의 추잡한 근친상간에서처럼. 그렇다, 나는 수족관처럼 조명을 꾸민 카페에 앉아서 나의 (헤어진) 아내를 기다리고 있었다, 한 무더기의 새 처방전을 기대하고 있었다, 유쾌하지도 않을 뿐만 아니라, 더욱이 잘 이해도 되지 않는, 게다가 때로 생사를 위태롭게 하는 내 존재에 대해서는 생각조차 하지 않고 있었다, 그사이 옆 테이블에서는 두 여자가 대화를 나누었고, 나는 거의 반사적으로, 그들의 말에 귀를 기울이기 시작했다, 왜냐하면 그들은 아름다운 여자들이었기 때문이다, 한 명은 금발 머리, 다른 한 명은 갈색 머리였다, 그런데 쓸데없이 나의 즐거움이 얼마나 빈번하게 망가졌는지 모른다(이에 관해서는 이 정도만 언급하겠다), 은밀하게, 내 온몸을 돌고 있는 혈액과 터무니없는 꿈들에 대해 조용히 그리고 면밀하게 주의를 기울여 보면, 은밀하게 나는 지금도 여전히 아름다운 여자들을 좋아한다, 그것은 뿌리째 흔들 수 없는, 비난할 수 없는, 말하자면 자연스러운 충동인데, 아무리 그것이 진부하도록 뻔한 것처럼 보이려 해도, 그럼에도 불구하고 본질적으로는 불가사의한 충동이다, 그 충동은 나와는 거의 분리된 채 존재하며 그런 만큼 또한 불쾌한 것이기도 하고, 절대 간단히 제어될 수 있는 것이 아니기 때문이다, 마치, 그러니까, 플라타너스에 대한 나의 사랑처럼, 단지 늠름하고 얼룩덜룩한 줄기, 퍽 인상적이고 환상적인 가지들, 계절에 따라 달라지는 색깔의 거대한 잎사귀를 맥이 풀린 손바닥처럼 늘어뜨리기 때문에 플라타너스를 좋아하는 것처럼 단순한 일은 아니다. 비록 수동적으로 엿듣는 자로 참여한 것이지만, 그 여자들의 대화 속으로 뛰어들자마자 — 그 대화는 은근한, 말하자면, 숨죽여 속삭이는 어조로 이어졌으므로 곧바로 어떤 의미심장한 이야기라는 것을 예감할 수 있었는데 — 나는 이런 말들을 듣게 된다: "잘 모르겠어, 나는 외국인과 할 수는 없을 것 같아. 검둥이, 집시,

아랍 놈과는……." 여기서 목소리가 끊겼다, 순간 나는 그녀가 주변을 의식하고 있음을 느낄 수 있었다, 이야기의 흐름에 대한 나의 감각은 이 이야기가 아직 끝나지 않았고, 그녀에게 뭔가 할 말이 남아 있다는 것을 일러 주었다, 그리고 나는 의자에 앉은 채로 안절부절못하기 시작했다, 왜냐하면 나는 그다음이 어떻게 이어질지 너무도 잘 알고 있었기 때문이다, 만일 그녀가 할 말을 생각해 내기 위해 더 골몰해야 한다면, 곧바로 내가 그녀에게 할 말을 가르쳐 주어야겠다는 생각도 했다, 그리고 바로 그때 그녀가 마침내 간신히 덧붙였다: "……유대 놈과도." 그러고는, 단번에, 나의 세계가 갑작스러운 위경련과 현기증으로 뒤집어졌다, 그 말이 나오리라 예상하고, 그것을 기다리고, 지켜보고, 거의 독촉하는 기분이었음에도 불구하고, 세상이 뒤집어지는 느낌은 완전히 예상을 벗어나 있었다. 그리고 나는 생각했다, 지금 이 여자가 나를 쳐다본다면, 나는 바뀌어 있겠구나: 빨간 잠옷을 입은 채 거울 앞에 앉아 있는 대머리 여인으로, 이런 저주 앞에, 나는 생각했다, 구원은 없다, 없다, 나는 생각했다, 그리고 나는 단지 하나의 유일한 출구를 본다, 나는 생각했다, 당장 자리에서 벌떡 일어나 이 여자의 뺨을 후려치든가 아니면 겁탈해 버린다면. 말하나 마나겠지만, 나는 두 가지 중 어떤 일도 저지르지 않았다, 해야 할 이유를 가지고 해야 한다고 생각했던 수많은 다른 일들을 하지 않았던 것처럼, 그것은 정언명령(定言命令)의 카테고리에는 속하지도 못했다, 그에 위배되는 행동이었다면 응당 내 머리를 가로젓게 했을 것이다; 나의 격분은, 깨어나자마자, 금세 다시

사그라들었다, 그리고 그와 함께 길 잃은 그림자처럼, 몇 가지 불쾌하지만 익숙한 생각이 나를 향해 다가왔다 ── 어째서 내가 이 두 여자가 그 무엇인가를 확신하도록 설득해야 하는가, 혹은 나 자신을 설득해야 하는가, 나는 이미 오래전부터 내가 해야 하는 일들을, 혹여 왜 그것을 해야 하는지 모르더라도, 하고 있다는 것을, 확신하고 있거늘, 나는 심지어 그것을, 언젠가는 더 이상 해야만 하는 일은 없을 것이며 안락한 잠자리에 내 몸을 쭉 뻗고 누워도 좋을 때가 올 거라는, 나의 의식적인 바람에서 하고 있다, 물론 그러기에 앞서 나는 열심히 일을 해두어야 했다, 그들은 휘파람 신호를 불어, 내가 나를 위한 무덤을 파도록 했다, 그리고 지금, 그처럼 많은 시간이 흘러가 버렸음에도, ── 맙소사! ── 여전히 나는 무덤을 파고 있다. 그때 아내가 도착했다, 그리고 나는, 좀 누그러진 감정으로, 곧바로 그리고, 말하자면, 무심결에 생각했다: '정말 예쁜 유대인 여자군!' 그녀는 마치 바다 위를 걷듯이, 녹청색 카펫 위를 가로지르며, 당당하게 그러나 조금은 수줍은 듯 내 쪽으로 다가왔다, 그녀는 나와 이야기를 나누고 싶다고 말했다, 왜냐하면 그녀는 내가 나라는 것, B., 작가이자 번역가라는 것을 안다고 말했다, 그리고 나의 "어떤 글"을 언젠가 읽은 적이 있으며, 그 글에 대해서 무조건 나와 이야기를 나누어야 한다고, 나의 (당시에는 아직 미래의, 지금은 이미 헤어진) 아내는 말했다, 그녀는 아직 아주 어린 여자였다, 그녀는 나보다 열다섯 살이 어렸다, 당시에는 나도 그렇게 늙은 남자는 아니었다, 비록 언제나 그렇듯, 충분히 나이 들어 있었지만 말이다. 그렇다, 그렇게 나는 그녀를 보고 있다, 나의 밤, 모든 것을 밝게 비추는, 번개가 빛을 내뿜는, 나의 이 위대한 밤, 후에, 아주 오랜 시간이 흐른 뒤에 나를 뒤덮어 버릴 어두운 밤에 나는 그녀를 보고 있다, 그렇다: 왜 나는 나의 외로운 밤들을 노래를 꿈꾸며 보내고 있는 것일까. 나 다시 그대와 함께 있는데. 나는 휘파람을 분다, 내가 휘파람을 불고 있다는 것에 놀란다, 그것도 우리가 함께 휘파람으로 불렀던 「스타더스트(Stardust)」의 멜로디를 불고 있다는 사실에 나는 깜짝 놀랐다, 난 그저 구스타프 말러만을, 오로지 구스타프 말러의 9번 교향곡만을 휘파람으로 불곤 했음에도 말이다. 하지만 이것은 그저 사소한 일이라고 생각한다. 만약 그것이 구스타프 말러의 9번 교향곡이라는 것을 모른다 하더라도, 그 곡의 분위기에서 내 마음의 상태를 정확하고도 완벽하게 짐작해 낼 수 있을 것이다, 물론 내 마음의 상태에 대한 궁금함이 있다면, 그리고 내가 숨김없이 털어놓을 이야기들이 꼭 필요한 추론들을 도출해 낼 만큼 충분하지 않다면. 우리의 사랑이 시작되고 서로 나눈 키스로 숨겨진 기억이 드러났을 때……

  "안 돼!"——내 안에서 무엇인가 악을 쓰며 울부짖는다, 나는 기억하지 않을 것이다, 이 고립된 지역에서는 아예 구경조차 못 하는 마들렌 과자를 대신해서, 그러니까 카스텔라 비슷한 과자를 가르종 홍차에 적셔서 먹는다는 사실 따위를 난 기억하지 않을 것이다, 물론 난 기억하길 원하고 있지만, 내가 기억하려고 하든, 기억하지 않으려고 하든, 나는 어쩔 도리가 없다; 글을 쓸 때는, 기억을 더듬는다, 왜 기억을 해내야 하는지 알지 못하더라도, 기억을 해내야만 한다, 그것은 명백하게 앎과 관련이 있다, 기억은 앎이다, 우리는 우리의 앎을 기억하기 위해 살아간다, 왜냐하면 우리는 우리가 알고 있는 것은 잊을 수 없기 때문이다, 하지만 무서워 마라, 얘들아, 어떤 "도덕적 의무" 때문은 아니니, 들어 보라 그것은 우리에게 허락된 일이 아닐 뿐이니, 우리는 망각을 할 수가 없는 것이다, 우리는 그렇게 빚어졌다, 우리는 알기 위하여, 그리고 기억하기 위하여 살아 있다, 그리고 아마도, 어쩌면, 거의 확실하게 우리는 그 누군가 — 또한 언제나 거기 있는 — 우리 때문에 부끄러워지도록, 알고 있고 또 기억하고 있는 것이다, 그가 우리를 창조했다면, 그렇다면, 우리는 그를 대신하여 기억한다, 그가 존재하든 존재하지 않든, 그것은 궁극적으로 같은 결말로 향한다, 본질적인 것은 우리가 기억한다는 것이다, 우리가 알고 있고 기억하고 있다는 것이다, 그 누군가 — 그 누군가 — 우리로 인해서 그리고 (어쩌면) 우리를 대신해서 부끄러워하도록. 이제 비로소, 나와 관련된 만큼의 기억을 한번 시작해 보려 한다, 그만큼 특별하고, 엄중한 나의 기억들을, 나의 성스러운 거의 모든 기억들을 말해 보려 한다, 관련해서 거창한 말들을 인용해 본다면, 그것은 다음과 같을 것이다: 인류의 악마 숭배 의식에서 신에게 바쳐지고 봉헌된 나의 기억들에 독가스가 스며든다, 숨이 막히는 듯 꺽꺽거리는 목소리가 울린다: 저 새끼 아직 살아 있다(Der springt noch auf),[5] 바르샤바

---

5) 이 구절은 헝가리 현대 문학의 거장들 가운데 한 명인 미클로시 러드노

태어나지 않은 아이를 위한 기도

의 생존자 최후의 셰마 이스라엘(Soma Jiszroelja)이 가르릉 마지막 숨을 거두려 한다,

그러고는 세상이 무너지는 굉음이 요란하게 울려 퍼진다……. 그 후 고요히 날마다 새로워지는, 숨겨진 뜻밖의 일들이 살포시 흩뿌려진다, 보라, 어쨌든 난 벌떡 일어섰다, 난 살아서 벌떡 일어섰다(ich sprang doch auf), 뿐만 아니라 난 여전히 살아 있다, 태어났을 때 그러했듯이, 나는 내 생존의 공범자가 되어 있을 뿐이다, 괜찮다, 나는 인정한다, 태어남보다는 생존이라는 것에 치욕이 조금 더 박혀 있다, 특히, 살아남기 위해 할 수 있는 모든 것을 다 한 뒤에 얻은 생존이라면: 그렇다면 그것이 전부일 뿐이다, 그 이상 별것이 아니다, 난 작정하고 나선 어리석은 자들의 방식으로 보통의 생존자인 척 시치미를 떼거나 또는 허풍을 떨며 떠들어 대는 식으로 속이지는 않았다, 맙소사! 어쨌든 인간은 조금도 무고할 수 없다, 그것이 전부다, 나는 살아남았다, 그러므로 나는 존재한다, 나는 생각했다, 아니, 나는 아무것도 생각하지 않았다, 난 그저 단순히 바르샤바의 생존자, 부다페스트의 살아남은 자와 같다, 살아남았다는 것에 대단한 의미를 부여하지 않는, 생존의 이유를 정당화해야 할 필요 따위는 굳이 느끼지 않는, 생존에 그어떤 목표 의식을 결부시키지 않는, 그러니까 생존이 어떤 승리인 양 과장하지 않는, 적막하고 은밀하더라도, 본질적으로

티의 '그림엽서들(Razglednicák)'이라는 뜻을 담고 있는 제목의 시 작품에서 가져왔다.

는 유일하게 진실된 승리, 유일하게 가능한 승리 — 더 길어지고 여럿으로 늘어나는 삶의 연장, 이 생존의 생존, 말하자면 후손의 삶 속에서 살아남는 나의 삶 — 같은 것으로 나의 생존을 과장하지 않는다 — 후손의 삶 속에서 — 너의 삶 속에서 — 가능할 — 가능했을 — 아니, 나는 그런 생각을 한 적이 없다, 그것에 대해 생각해야 한다고 생각하지 않았다, 이 밤이 나에게 닥쳐올 때까지, 모든 것에 불을 밝히지만 새까맣게 어두운 이 밤, 바로 이 물음이 그 모습을 내 앞에서(좀 더 정확하게 말하자면 나의 등 뒤에서, 내가 이미 살아 낸 삶의 등 뒤에서, 왜냐하면, 애석하게도, 너무 늦었기 때문이다, 언제나 이미 너무 늦어 있을 것이기 때문이다) 드러낼 때까지, 그렇다 — 어쩌면 너는 검은 눈동자를 가진 딸아이는 아니었을까, 하는 물음, 너의 자그마한 코 주위에는 주근깨가 엷게 흩어져 있는? 아니면 고집 센 사내아이였을까? 밝고 또렷한, 회청색 조약돌 같은 눈동자를 가진? 그렇다, 나의 현존을 너의 존재 가능성으로 본다면, 어쨌거나 그렇게 본다면, 엄격하게 그리고 서글프게 본다면, 아무런 분노도, 아무런 희망도 없이 본다면, 하나의 물체를 바라보듯이 그렇게 본다면. 거듭 말했듯, 난 아무 생각도 하지 않았다, 생각을 했더라면 좋았을 텐데 말이다. 그곳에서는 비밀리에 두더지 굴 같은 것이 생겨나고 있다, 땅이 파헤쳐지고 깊은 구덩이가 만들어진다, 그것에 대해 나는 알았더라면 좋았을 것이다, 물론 나는 구덩이에 대해 알고 있었다, 다만 그것을 뭔가 다른 것으로 여겼을 뿐이다, 실제로 그것이 쓰일 용도와는 다른 것으로, 그것을 나는 무엇이라 생각한 것일까? 모르겠다, 다만 미심쩍게나마 나는 그것을 어떤 부지런한 일꾼들의 작업으로 여겼던 것이 아닐까, 저 눈먼 늙은이가 삽들이 부딪히며 내는 소리를 수로 건설을 위한 토목 작업으로 여겼던 것처럼, 정작 그곳에서는 하나의 무덤이, 그것도 바로 그가 묻힐 무덤이 파이고 있었음에도 불구하고.

내가 글을 쓰고 있는 것은 내가 글을 써야만 했기 때문이라는 생각이 불현듯 들었다, 왜 써야 하는지 몰랐었음에도 말이다, 명백한 사실은, 내가 소스라치며 깨달았다는 것이다, 내가 끊임없이, 그러니까 미친 듯이 부지런히 글을 썼다는 것, 단지 글만 썼다는 것, 그리고 그건 단순히 생계 때문은 아니었다는 것을, 왜냐하면 나는 글을 쓰지 않더라도, 목숨은 부지할 것이기 때문이다, 그리고 내가 목숨은 부지한다면, 그렇다면, 무엇이 나에게 글쓰기를 강요하는지, 나는 모르겠다, 모르는 편이 더 나을 것 같기도 하다, 비록 내 몸의 세포들, 나의 내장들이 그 이유를 분명하게 감지하고 있더라도 말이다, 그러므로 나는 아무튼 쉼 없이 글을 쓰고 있다: 글을 쓰는 동안, 나는 존재한다, 내가 글을 쓰지 않는다면, 누가 알겠는가, 내가 존재할 것인지 아닌지, 그러니 나는 이것을 진지하게 받아들이며, 또한 진지하게 받아들여야만 한다, 왜냐하면 나의 글쓰기와 나의 생존 사이에는 무엇보다 심각한 상관관계가 존재하기 때문이다, 이것은 아주 명백한 사실이지만 일반적인 것은 아니다, 마찬가지로 글을 쓰고 있는, 말하자면 글을 써야만 하기 때문에 쓰고 있는 사람들이 더 있다 하더라도, 심지어 꽤 많이 있다 하더라도, 아무튼 글을 쓰고 있는 사람이 모두 글을 써야만 하기 때문에 쓰고 있는 것은 아니다; 나는, 실제로 그리고 진실로, 글을 써야만 했다, 왜인지는 모르겠다, 그것이 나에게 허용된 유일한 해결책이었던 것 같다, 설령 아무것도 해결하지 않는 해결책이더라도, 그렇더라도 그것은 나를, 이제 와서 뭐라 말해야 좋을지 모르겠지만, 여하튼 미해결의 상태 속에 놓아두지 않는다, 해결되지 않은 상태이므로, 해결되지 않았다고 느끼고 있어야 할 미해결의 상태임에도 불구하고, 미해결의 상태는 차치하고, 이 미해결 상태의 불충분함과 이 불충분함에 대한 불만족스러움이 나를 괴롭혔을 상태임에도 불구하고. 돌이켜 보면, 나는 어쩌면 글쓰기를 하나의 도피로 여겼는지 모르겠다(전혀 근거 없는 얘기는 아니다, 내가 실제로 도피하고자 했었던, 지금도 여전히 도피하고 있는 이유와는 전혀 다른 이유로, 다른 목적으로 난 도피하고 싶어 했다), 하나의 도피, 그뿐만 아니라 하나의 구원으로 여겼는지 모르겠다 ─ 나 스스로를 구원하는 것 그리고 나를 통해 나의 물질적인, 더욱이, 거창한 표현을 사용해도 좋다면, 나의 정신적인 세계를 구원하는 것, 그리고 그것에 대한 불가피하고 필연적인 **호소**를 누군가에게 내보이는 것 말이다 ─ 그 누군가 ─ 우리 때문에 그리고 (어쩌면) 우리를 대신해 부끄러움을 느낄 그 누군가 앞에 펼쳐 놓는 호소; 그리고 그 밤은 반드시 와야 했다, 내가 어둠 속에서 마침내 깨달을 수 있도록, 무엇보다도 내가 하는 일의 본질을 볼 수 있도록, 결국 삽질과 다를 바 없는 내 작업의 본질을 깨달을 수 있도록, 저 무덤을 파내는 끝없는 삽질, 다른 사람들이 나를 대신하여 공중에 파기 시작한 무덤, 다만 그들에게는 그것을 마무리할 시간이 더 이상 남아 있지 않았기 때문에, 나에게 지나가듯이, 아무런 끔찍한 조롱 없이, 그냥, 무심코, 주위를 둘러보지도 않고, 내 손안에 도구를 밀어넣어 주고는, 그러곤 그들이 시작한 일을, 내가 할 수 있는 만큼, 나 스스로 끝낼 수 있도록 나에게 남겨 둔 무덤. 이처럼 내 모든 인식은 바로 이것에 대한 인식으로 안내하는 인식들이었을 뿐이다, 그리고 내가 행한 모든 것은 내 안에서, 나를 이것에 대한 인식으로 이끌어 가는, 인식이 되었다, 나의 결혼도 바로 내가 말한 것과 같다,

"안 돼!" ─ 나는 바로 그 순간, 즉각적으로 한 치의 망설임도 없이, 말하자면 본능적으로 말했다. 왜냐하면 우리의 본능이 우리의 본능에 반하여 작동하는 것이, 말하자면 우리의 반본능이 우리의 본능을 대신하고, 더욱이 본능인 것처럼 작동하는 것이 이미 나의 자연스러운 본능이 되어 가기 ─ 되어 있기 ─ 때문이다; 이 "안 돼."는 결정은 아니었다, 마치 내가, 말하자면, "예." 그리고 "아니요." 가운데 자유롭게 결정할 수 있기라도 한 것처럼 ─ 결정할 수 있었더라면 결정했을 것처럼 ─, 아니다, 이 "안 돼."는, 이 "안 돼."라는 결정은 하나의 인식이었다, 내가 선택했거나 내가 선택할 수 있었을 결정이 아니라, 오히려 나에 대해 내려진 결정, 혹은 결정이라기보다는 나의 판단에 대한 인식이었다, 그것은 기껏해야 내가 그 결정에 반하는 결정을 내리지 않았다는 한에서만 결정으로 간주할 수 있다, 이것은, 의심의 여지 없이, 잘못된 선택이었을 수도 있다, 왜냐하면 어떻게 인간이 자신의 운명에 반하는 ─ 이 거

창한 표현을 써도 된다면 ─ 선택을 할 수 있겠는가, 우리는 그것을, 소위 운명이라는 것을 대체로, 우리가 가장 이해하지 못하는 그것, 즉 우리 자신이라고 생각한다, 이 음흉한 것, 끊임없이 우리에게 맞서는 것, 그리하여 우리가, 낯설게만 느끼고 소외되어, 그 위력 앞에 욕지기를 일으키며 고개를 숙이고는, 단순하기 그지없게도 다만 운명이라고 명명하는 것. 그리고 만약 내 삶을 단지 출생이라는 자의적 우연을 뒤따르는 일련의 자의적 우연들의 나열이라 여길 뿐만 아니라 ─ 그것은 사실 삶에 대한 상당히 저급한 시각이 될 수도 있겠지만 ─ 나아가 일련의 인식들의 나열, 나의 자존심이, 적어도 나의 자존심은 만족감을 찾을 수 있는 일련의 인식들의 나열로 여긴다면, 그렇다면 그 문제, 오블라트 박사의 등장으로, 어쩌면 오블라트 박사의 도움으로라고도 말할 수 있을 텐데, 선명해진 그 문제: 나의 존재를 너의 존재 가능성으로 간주하는 것, 일련의 인식들이 비추는 빛 속에서, 그리고 소진되어 가는 시간의 그림자 속에서 그 문제는 이렇게 바뀔 것이다: 너의 비-존재를 나의 존재의 과격하고 필수 불가결한 청산으로 간주하는 것. 왜냐하면 단지 그래야만 모든 것이 의미를 갖기 때문이다, 벌어진 모든 일들, 내가 했던 모든 일들, 그리고 나에게 닥쳤던 모든 일들이 하나의 의미를 갖는다, 오직 그렇게 의미를 잃은 나의 삶도 하나의 의미를 갖는다, 그리고 또한 내가 지속하고 있는 것, 내가 시작한 것, 즉 살아가기와 글쓰기도 의미를 갖는다, 두 가지 가운데 아무래도 상관없다, 결국 그 둘은 같은 것이므로, 내가 쓸 수 있는 삶은 나의 펜이다, 내가 앞을 바라본다는 것은, 전적으로 뒤를 돌아본다는 것이며, 내가 백지를 응시한다는 것은, 전적으로 과거를 되돌아보고 있다는 것이다: 그녀는 마치 바다 위를 걷듯, 녹청색 카펫을 가로질러 걸어와, 나와 이야기를 나누고 싶어 했다, 그녀는 내가 나라는 것, B., 작가이자 문학 번역가라는 사실을 이미 알고 있었기 때문이다, 자신이 그가 쓴 것 가운데 '무언가'를 읽었기 때문에, 그 작품에 관한 이야기를 무조건 나누어야만 한다고, 그녀는 말했다, 그리고 우리는 침대에 누울 때까지 대화를 이어갔다 ─ 맙소사! ─ 우린 그 후로도 이야기를 나누었다, 우리는 쉬지 않고 이야기를 나누었다. 그렇다, 기억이 난다, 그녀는 질문을 던지는 것으로 시작했다, 그녀는 그 토론의 열기 속에서 내가 했던 말을 내가 진심으로 내뱉은 것인지 물었다, 나는 내가 했다는 말들이 무엇인지 모른다고 말했다, 나는 내가 그토록 많은 말들을 했다는 것조차 알지도 못했으므로, 그리고 나는 눈에 띄지 않게 (말하자면, "영국식으로") 막 자리를 뜨려던 참이었다, 왜냐하면 앞서 나눈 토론으로 나는 짜증이 나고 지루했기 때문이다, 토론에서 내가 했던 발언은 나 자신이 혐오하는, 말을 하지 않으면 안 될 것 같은 병적인 강박 관념에 의한 것이었다, 이러한 강박 관념은 대개 내가 침묵하고 싶을 때, 발작처럼 찾아오는데, 말하려는 강박 관념은 순전한 침묵, 발화된 침묵에 다름 아니다, 이 보잘것없는 역설을 해체해도 된다면 말이다: 그리하여 나는 그녀에게 나를 일깨워 줄 것을 부탁했다, 그리고 그녀는, 낮게 가라앉은 목소리로 어딘가 어둡고, 꽉 막힌 듯한 분위기에서 몇 가지 중요한 사항들을 신랄하게, 공격적으로 지적해 주었다 — 그 가운데 지적인 영역으로 전치되거나 승화되거나, 달리 말해 지적인 모습으로 위장된 성적인 충족이 있다는 것이다, 내가 분명 반복적인 잘못을 저지르면서, 고집스러운 맹목으로 순간 속에서 연속성을 인식하지 못하고, 우연 속에서 논리적 인과를, 만남에서 갈등을 인식하지 못한다는 것이다, 성적인 충족, 그것은 최소한, 부서진 파편처럼, 질질 끌려간다, 어쨌든 우리 자신이 성적인 충족을 전치하거나 승화시키거나 또는 위장하는 것은 아주 간단하다, 그렇다, 바로 지금, 내 깊고 어두운 밤에, 난 이 무리의 대화를 보고 있다, 듣고 있다기보다는 보고 있는 것이다, 나를 둘러싸고 있는 음울한 얼굴들을 보고 있다, 다만 각각의 역할에 따라 달라지는 가면들을 바라보듯이, 우는 자와 웃는 자의 가면, 늑대와 양의 가면, 원숭이의 가면, 곰의 가면, 악어의 가면, 그 많은 가면들을 말이다, 그리고 번식하는 이 동물들은 나지막하게 웅얼거리고 있었다, 마치 최후의 어떤 거대한 늪에 빠진 듯, 이솝 우화의 어느 무시무시한 이야기에서처럼, 주인공들이 최후의 교훈을 끌어낼 것 같은 거대한 늪 말이다, 그러곤 누군가 감상에 젖은 발상을 입에 올렸다, 한 명씩 차례대로 어디에 있었는지를 말해 보자는, 그의 말이 떨어지자마자, 마치 지나가는 구름에서, 이미 오래전 힘을 잃고 뿔뿔이 흩어져 있던 빗방울이 떨어지듯, 지명들이 뚝뚝 떨어지기 시작했다: 마우트하우젠, 돈강 벤드, 레츠크, 시베리아, 쥐이퇴, 라벤스부릭, 푀 거리, 언드라시 60번가, 유형지 마을의 이름들, 56년 혁명 이후 감옥들, 부헨발트, 키시터르처, 그리고 내

차례가 점점 다가오는 동안, 난 겁을 먹고 있었다, 하지만 다행히 내 앞에서 누군가 불쑥 말했다: "아우슈비츠." 누군가 수수하지만, 자신만만한 승자의 어조로 말했다, 그러곤 모두가 크게 고개를 끄덕였다: "그건 넘어설 수 없겠군," 집주인이 반쯤은 부러운 듯, 반쯤은 토라진 듯, 그러나 결국에는 인정한다는 의미의 미소를 띠며 말했다. 그때 누군가 당시 가장 많이 팔리던 책의 제목을 입에 올렸다, 그 책에서 가장 많이 인용되던 문장도, 그 책은 그때나 지금이나, 아마 앞으로도 영원히 베스트셀러일 것이다, 저자는 헛기침으로 목을 가다듬어 가며, 물론 감정에 북받쳐 갈라진 목소리로 뱉어 냈다: "아우슈비츠는 어떤 말로도 설명될 수 없다." ─ 이처럼, 간결하고, 감동적으로, 조용히 침을 삼키면서 말했다, 그리고 난 그때 내가 느꼈던 당혹스러움을 기억한다, 대부분은 완고한 사람들인 이 무리가 이 단순하고 우직한 문장을 어떻게 받아들이고, 분석하고, 토론했던가, 각자의 가면 뒤에서 교활하게 혹은 머뭇거리며 혹은 거리낌 없이 눈빛을 교환하고 눈치를 보며, 마치 모든 선언을 미연에 차단하겠다는 선언이 실제로 무엇인가를 선언하는 듯했다, 비트겐슈타인까지 들먹이지 않더라도, 이 진술이 논리학적인 관점에서 오류라는 것은 인식할 수 있다, 이 문장은 기껏해야 희망 사항, 기만적인 혹은 솔직히 유아적인 도덕성과 잡다하게 억압된 콤플렉스를 반영하고 있는 것이다, 하지만 그와는 별개로 그 문장은 전혀 선언적 가치가 없는 진술이다. 내가 그렇게 말했던 것 같은데, 그 후엔 멈출 수 없이, 거의 병자처럼, 그냥 얘기하고, 얘기했다, 마치 내 깊은 내면의 세계를 두드리기라도 하려는 듯, 간간이 나를 주목하는 어떤 여성의 시선을 감지하면서, 말하고자 하는 강박적인 욕구 속에서, 어떤 것은 덧없고 또 어쩌면 잘못되었을지도 모른다는 생각이 들었다, 기껏해야 어떤 욕망과 갖가지 잡다하게 억압된 콤플렉스를 드러내며, 그저, 이런 생각이 떠올랐다: 그녀였다, 훗날 내 아내가 되는, 그 이전에는 내 애인이기도 했었던, 하지만 내가 그녀를 알게 된 것은 바로 이 대화를 나눈 이후였다, 그땐 지치고, 당혹스러워 모든 것을 잊으려, 조용히 ("영국식으로", 말하자면) 자리를 뜰 준비가 되었을 때였다, 그리고 그녀는 마치 바다 위를 걸어오듯, 녹청색 카펫을 가로질러 걸어왔다. 나는 이제 기억조차 나지 않는다, 내가 했던 말들이, 분명히 난 내 생각을 피력했었고, 분명히 그 생각들은 그때로부터, 혹 바뀌었을지라도, 그다지 변했을 리가 없다, 나의 생각들은 전혀 바뀌지 않았다고 나는 믿는다, 다만 요즘 들어 난 생각을 피력하는 것에 별로 관심이 없다, 어쩌면 그 때문에 내 생각이 조금 변했을지 모른다는 의구심이 생겼는지도 모른다; 하지만 무엇을 위해 혹은 누구를 위해, 그리고 무엇보다: 어디에서 내가 대체 나의 생각을 말로 내뱉어야 한단 말인가, 오블라트 박사나 그와 같은 부류의 고상한 지식인들과 어울려 옳고 그름이나 논하며 더딘 시간을 보내겠다는 요량이라면, 중부 산악 지대에 위치한 평범한 휴양소와 같은 곳에서 계속 기거하지는 않을 것이다, 그것은 절대로 아니다, 나는 줄곧, 거의 줄곧 조립식 아파트 15층에 위치한 한 칸 반짜리 방에 — 하마터면 이 아파트에, 라고 말할 뻔했다 — 산다, 주님

용서를, 나의 아파트에, 햇빛에 바래고, 바람으로 틈이 벌어지는(때로는 이 두 가지가 동시에 일어나는) 나의 동굴에 기거한다, 그 속에서 나는 저기, 저 화창한 하늘이나 구름을 올려다보며 볼펜으로 나의 무덤을 파고 있다, 강제 노동자처럼 부지런하게, 매일 호각 소리로 불려 나와 삽을 더 깊이 쑤셔 넣고, 바이올린을 더 어둡게 켜며 죽음을 더 달콤하게 연주하는 강제 노동자; 이곳에서는 기껏해야 물소리가 퉁퉁 울리는 수도관, 쿨럭대는 난방용 온수 파이프, 울부짖는 옆방 사람들에 대해서나 말을 할 수 있을 뿐이다, 여기 요제프구(區)의 심장에, 심장이라니, 그보다는 차라리 내장 한복판에 솟아오른 듯한 조립식 건물, 바닥에 납작 웅크린 듯한 관내에서는 유난히 눈에 띄는, 당황스러울 정도로 비대한 인공적 삽입물: 내 방의 창문으로 나는 적어도 오래된 담장 — 참 놀랍게도, 여태 서 있는 — 너머를 건너다볼 수 있으며, 어린 시절 끊임없이 나를 흥분시켰던, 그러나 이제 더는 흥분시키지 못하는, 오히려 몹시 따분한, 보잘것없는 정원의 보잘것없는 비밀을 볼 수도 있다, 내가 어떤 특정한 상황에 따라서(이혼에 따르는 상황, 최악의 그러나 동시에 늘 가장 단순한 것만은 아닌 해결책을 선호하는 나의 성향, 그리고 돈도 넉넉하지 않은 현실), 그러니까 바로 그런 상황들 때문에 다시 이곳으로, 어린 시절 몇 해 동안 서글픈 여름 방학과 겨울 방학을 보냈던, 나의 어린 시절의 몇몇 슬픈 체험을 했던, 이곳으로 결국 돌아왔다는 생각, 그러니까 내가 계속 삶을 살아 내야 할 동안은, 내가 다시 이곳에서 살게 되었다는 생각, 나의 어린 시절 위에 지은 15층 아파트에서 살게 될 거라는 생각, 그 결과 피할 수 없이, 그리고 결정적으로, 화가 치밀어 오르게도, 기억들이 몰려온다, 내 어린 시절의 아무 짝에도 쓸모없는 기억들, 그것들은 정리했어야 했던 것들을 이미 오래전에 정리했다: 사람의 눈을 피해 무엇이든 훼손하고, 무엇이든 갉아 먹는 쥐의 폭식이 남긴 것 같은 자국들을, 이제 그것들은 나를 가만히 놓아줄 수 있을 것이다. 그런데 그것으로 돌아가자면 ── 대체 어디로? 내 생각에 대한 것으로 ── 맙소사! ──, 그러니까 나는 그 문장이 이미 형식부터 잘못되었다고 말했을 것이다, 그 문장 말이다, "아우슈비츠는 어떤 말로도 설명될 수 없다."라는 문장, 존재하는 것은, 어떤 것이든 설명될 수 있으므로, 비록 제멋대로의, 갈피를 잃은, 그렇고 그런 설명이라 할지라도, 사실은, 하나의 사실에 적어도 두 가지 삶이 있다는 것이다, 그 하나는 사실들의 삶이고, 다른 하나는, 말하자면, 정신의 삶, 정신적인 현존의 형태인데, 이것이 다름 아닌 하나의 설명이자, 사실들이 사망을 선고한 혹은 은폐시킨 설명들의 한 무더기다, "아우슈비츠는 어떤 말로도 설명될 수 없다."라는 저 불운한 문장도 저 불운한 작가가 아우슈비츠에 대해서는 그저 침묵해야 한다는 말로 설명한 하나의 설명이다, 어떤 말로도 설명할 수 없는 것이란, 그렇지 않은가, 존재하지 않거나 존재하지 않았던 것이다, 아우슈비츠는 그럼에도 불구하고 ── 아마도 나는 이렇게 말했었을 것인데 ── 존재했다, 더 나아가, 아우슈비츠는 여전히 존재한다, 그러므로 아우슈비츠도 어떤 말로 설명될 수 있다, 그에 반해 아우슈비츠는 존재하지 않았다, 라는 해명은 있을 수 없다, 즉 아우슈비츠가 존재하지 않았고, 존재하지 말았어야 했고, 실제로 "아우슈비츠"라는 이름으로 세상에 실현되지 말았어야 했음에 대한 설명을 찾아내기는 불가능할 것이다(이 지점에서 오블라트 박사에게 존경심을 표하고 싶다), 그렇다, 아우슈비츠가 실재하지 않았다는 설명은 불가능하다, 따라서 아우슈비츠는 아주 오래전, 누가 알겠는가, 어쩌면 이미 수 세기 전부터 저 공중을 떠돌고 있었는지, 셀 수도 없는 파렴치한 행위들의 광선 속에서 익어 가다가, 마침내 사람들의 머리 위로 떨어질 때를 기다리고 있는 검은 열매처럼, 결국은 존재하는 것이 존재한다, 그리고 존재하는 것은 이제는 불가피하다, 그것이 거기 있기 때문이다: 역사는 이성의 표상이자 행위다(H.[6]로부터 인용), 내가 세상을 자의적인 우연의 연속으로 간주하려 든다면, 그것은 세상에 대한, 그러니까, 매우 무가치한 관점이 될 것이기 때문이다(나 자신에게서 인용), 그러므로 잊어서는 안 된다: 세계를 이성적으로 보는 사람만을 세계도 이성적으로 보는 것이다: 이 둘은 상호 간에 서로를 규정한다 ── 라고 말한 것은 이번에도 H., 총통이자 제국의 수상이었던 H.[7]가 아니라, 모든 총통들, 수상들 및 기타 칭호를 소유한 자들의 위대한 예언가, 철학자이자 궁정 광대이며, 엄선된 요리만을 제공하는 급사장인 H. 말이다, 게다가 그는, 유감스럽게도, 절대적으로 옳다, 그러므로 우리가 해야 할 일은 모든 세부적

---

6) 게오르크 빌헬름 프리드리히 헤겔(Georg Wilhelm Friedrich Hegel).

7) 아돌프 히틀러(Adolf Hitler).

인 질문을 자세히 연구하는 것이다. 그 표상과 행위가 곧 역사인 이성이란 어떤 종류의 이성인지, 그리고 그 밖에도 누구의 이성이 세계를 합리적으로 바라보며, 상호 간에 서로를 규정하고 있는 것인지 말이다 — 유감스럽게도 그들이 또한 그러고 있는 것처럼 — , 아마도 난 아우슈비츠에 관한 것을 이야기했었을 것이다. 그것이 내 생각이었으며, 오늘날에도 나의 생각이라고 말했을 것이다. 내 생각으로는 그것에 대한 설명은 오로지 한 사람 한 사람의 삶 속에, 다른 어디도 아닌, 결국 각자의 삶 속에 숨어 있는 것이다. 내가 보기에 아우슈비츠는, 어느 정도의 조직화된 상태를 고려할 때, 각각의 삶의 표상이자 행위인 것이다. 만일 인류가 통째로 꿈을 꾸기 시작한다면, 무질의 소설 『특성 없는 남자』에 등장하는, 매혹적인 살인마, 모스브루거와 같은 인물이 반드시 탄생하리라, 라고 나는 말했을 것이다. 그렇다, 전부로서의 개별적인 삶, 그 전부가 전개되어 가는 역학: 설명은 오직 그만큼일 뿐, 그 이상도, 그와 다른 것도 없다, 가능한 모든 일은 벌어진다, 오직 벌어지는 일만이 가능하다, 고 K.[8]가 말한다. 범법 행위를 저지르는 미치광이들이 세상을 이성적이라 생각하고, 그리고 세상도 그들을 이성적이라 생각할 때, 다시 말해 세상이 그들을 추종할 때, 위대하고, 비통하고, 현명한 자, K.는 개개의 삶들에 무슨 일이 일어나게 될지 이미 정확히 알고 있었던 것이다. 이러한 설명이 단지 이와 같은 사실들을 통해 이와 같은 사실들을 설명

---

8) 프란츠 카프카(Franz Kafka).

하는, 동의이어(同意異語)적 설명일 뿐이라고 말하지 말라, 라고 나는 말했을 것이다, 왜냐하면 이것이 충분히 하나의 설명이 되기 때문이다, 내가 아는 한, 너희가 흔해빠진 범죄자들에 의해 지배당하고 있다는 사실을 받아들이기 어렵기 때문으로, 더욱이 흔해 빠진 범죄자들이라 부르는 그들은 너희가 이미 알고 있는 자들이기 때문이기도 하다, 여하튼, 범법 행위를 저지르는 미치광이가 정신 병원이나 교도소가 아닌, 수상 혹은 총통의 관저에 들자마자, 그놈에게서 어떤 흥미롭고, 독특하고, 특별한 것을 찾기 시작하는 것이다, 너희는 감히 입밖에 내지 못하겠지만, 그러하다: 그의 위대함이란 그런 것이다, 너희 스스로 난쟁이처럼 위축될 필요가 없으려면, 그리고 너희의 역사가 그토록 어처구니없는 것으로 보이지 않으려면, 내가 그렇게 말했을 것이다, 그렇다, 그것으로써 너희가 세상을 계속 이성적으로 바라볼 수 있으려면, 그리고 세상도 너희를 이성적으로 바라볼 수 있으려면. 그것은 매우 당연하다, 나아가 정당하고 합당하기도 하다, 비록 너희의 방식이 "과학적"이거나 "객관적"이지 않을지라도,

물론 너희는 기꺼이 그렇게 믿고 싶겠지만, 그렇지 않다, 그것은 순전히 날조이며 교조화일 뿐이다, 그것이 일종의 계산적인 세계 질서를, 말하자면 살 만한 세계 질서를 바로 세우려하는 한, 그리고 세상으로 추방당한 자들은 이러한 출입구 또는 작은 뒷문들을 통해 다시 세상으로 돌아온다, 최소한 돌아오고자 하는 자들이라면, 그리고 세상이 미래에는 인간을 위한 곳이 될 거라고 믿는 자라면 누구든지, 하지만 이것은 다

른 문제다, 라고 내가 말했을 것이다, 다만 참담한 것은 그와 같은 성인전(聖人傳)이 이런 식으로 태어난다는 것, 바로 그것이 문제다, 우리는 바로 이런 유의 학문적 공포 소설로부터 터득하게 된다, 저 위대한 남자가 예컨대 탁월한 전술적 감각을 발휘하는 법을, 그렇지 않은가, 편집증과 조증(躁症)을 가진 미치광이라고 해서 모두 의사들과 자기 주변의 사람들을 뛰어난 전술적 감각으로 혼란에 빠뜨리고 절망하도록 만들지는 않는다는 것을, 그러고는, 마침 사회적 여건이 이러저러하다는 것, 국제 정치는 한층 더 이러저러하다는 것, 철학, 음악, 그리고 그 밖의 예술적 눈속임들이 사람들의 사고방식을 이미 망가뜨렸다는 것, 그리고 무엇보다 저 위대한 남자가, 툭 터놓고 말해서, 정말 위대한 남자였다는 것을 알게 된다, 그는 어떤 매혹적인 것, 넋을 놓게 하는 것, 요컨대, 어떤 악마적인 것을 지니고 있었다, 그러하다, 그에게는 사람들이 도무지 저항할 수 없는 악마적인 특성이 있었다, 하물며 그에게 저항하기를 원치도 않는다면, 마침 악마를 찾는 도중이었기에, 우리들의 추악한 욕망을 마음껏 채우기 위해 이미 오래전부터 우리에겐 어떤 악마가 필요했기에, 물론 우리가 그 스스로 악마라는 것을 믿도록 만들 수 있는 자, 마치 적그리스도가 철십자가를 지듯이 우리의 이 모든 악마성을 자신의 어깨에 짊어지게 될 자, 그리고 뻔뻔하게 우리의 손아귀를 벗어나, 저 스타브로긴[9]

---

9) 도스토옙스키 『악령』의 주인공인 니콜라이 프세볼로도비치 스타브로긴은 형이상학적 관념이 피와 살로 형상화된 인물이다. 막강한 영향력으로 등장인물 전체를 장악하지만, 그를 제대로 이해하는 사람은 아무도 없다. 심

처럼 때가 이르기 전에 스스로를 교수형에 처하지는 않을 자. 그렇다, 너희가 흔해 빠진 범죄자라고 인지하고 그렇게 불렀던 자들이 왕홀과 왕실의 지구본을 손에 쥐는 바로 그 순간부터 너희는 신격화를 시작한다, 신격화를 비방하면서도 신격화한다, 너희는 불가피한 상황들을 열거한다, 너희는 말한다, 그들이 객관적으로 옳지만, 주관적으로 옳지 않은 지점들을, 객관적으로 이해할 수 있지만, 주관적으로 이해할 수 없는 것들을, 어떤 음모들이 뒤에서 진행되고 있으며 어떤 이해관계가 개입되어 있는지를, 너희들의 설명은 지칠 줄 모르고 이어진다, 너희들의 영혼, 그리고 아직 구할 수 있는 것들을 구하기 위하여, 그 흔해 빠진 절도, 살인, 그리고 인신매매 — 어떤 방식으로든 지금 여기, 세상에서 벌어지는 일들이 오르는 거대한 오페라 하우스의 무대 조명 속에, 앉아 있는 우리 모두가 관여했거나 관여되어 있는 — 를 목도하기 위하여, 라고 내가 말했을 것이다, 그렇다, **모든 것이 완전히 부서진, 대형 난파선에서 부분적인 진실이라도 건져 내기 위해,** 그렇다, 너희 눈앞에서뿐만 아니라, 뒤통수에서, 발밑에서, 그리고 도처에서 입을 벌리고 있는 구렁텅이들을 보지 않아도 되도록, 없음, 텅빔, 말하자면 지금 우리들의 실제 처지를 보지 않아도 되도록, 너희들이 누구를 섬기는지, 저마다 다른 권력의 저마다 다른 본성이 필연적인 것도 필연적인 것이 아닌 것도 아닌 저 권력에서 연유

연의 깊이를 알 수 없는 인물인 스타브로긴은 선과 악, 고해와 악행이 교차하는 언행과 행동으로 끊임없이 극단 사이를 조율하며 작품 전체에 긴장을 부여한다. 그는 말 그대로 모든 걸 담은 혼돈 그 자체다.

하는 것은 아니며, 단지 하나의 결정, 각각의 개별적 삶에 떨어지거나 떨어지지 않을 어떤 결정의 문제이다, 권력은 악마 같은 것도, 간파하기 어려운 것도, 놀랄 만큼 정교한 것도 아니며, 그 자체가 우리를 압도할 어떤 것도 아니다, 그렇다, 그것은 단지 천박하고, 비열하고, 흉악하고, 어리석고 위선적인 것으로, 가장 위대한 기능을 했던 순간에도 기껏해야 그저 잘 조직화되었던 것뿐이다, 라고 내가 말했을 것이다, 그렇다, 권력은 무엇보다도 경박하다, 살인 공장이 여기저기, 그 많은 곳에서 연이어 문을 열었던 그 후로, 그 이후로 끝이다, 아주 오랜 시간 동안, 끝이 될 것이다, 적어도 권력, 저 권력의 표상과 관련된 것이라면, 진지하게 받아들일 수 있는 저 진지함에 관한 것이라면 말이다.

그러니 이제 그만들 집어치우시죠, 라고 내가 말했을 것이다, 아우슈비츠는 어떤 말로도 설명될 수 없으며, 아우슈비츠가 비합리적인, 이성으로는 이해할 수 없는 힘의 산물이라는 얘기 따위는 집어치우라고, 왜냐하면 모든 악은 예외 없이 이성적으로 설명될 수 있기 때문이다, 물론 사탄은, 마치 이아고처럼,[10] 그 자체로 비합리적일 수 있다, 하지만 사탄의 피조물들은 합리적인 존재들로, 그들의 모든 행위는 수학 공식처럼 풀이가 가능하다; 그 어떤 이해 관계, 이윤에 대한 탐욕, 나태함, 권력욕과 성욕, 비겁함, 이러저러한 충동을 만족시키기

10) 셰익스피어의 작품 속 악마는 모호한 유령으로 등장하여 사람들을 속인다. 그리고 악마와 인간의 악은 종종 혼돈된다. 예를 들면 『오셀로』에서 이아고의 악은 루시퍼에 준한다. 인간이 악마화되는 모습이 드러난 것이다.

위한 것으로 풀이될 수 있다, 무엇보다도, 결국에는 어떤 광기, 편집증, 조울증, 화농증, 가학증, 호색증, 마조히즘, 조물주의 또는 다른 유의 과대망상증, 시체 성애, 수많은 변태들, 그수많은 변태들 — 얼마나 많은 변태들이 있는지 내가 다 알겠는가만 — 가운데 그 어떤 변태스러움으로, 혹은 어쩌면 동시에 그 모든 것으로 풀이될 수 있다, 그럼에도 불구하고, 라고내가 말했을 것이다, 자 이제 여길 한번 보라, 정말 비합리적인 것, 그리고 실제로 설명 불가능한 것은 악함이 아니다, 정반대이다: 그것은 선함이다, 바로 그렇기 때문에 이미 오래전부터 총통들, 수상들, 그 밖의 고위 관료들은 더 이상 나의 흥미를 끌지 못한다, 너희가 아무리 그들의 정신 세계에 관해 흥미로운 이야기를 늘어놓는다 하더라도, 그렇다, 독재자들의 삶 대신 내 관심을 끌고 있는 것은 이미 오래전부터 오직 성인들의 삶뿐이다, 그건 내가 그들의 삶이 흥미롭고도 납득하기 어려운 것이라고 생각하기 때문이다, 그것에 대해 나는 어떤 합리적인 설명도 찾을 수 없다; 그리고 아우슈비츠는, 비록슬픈 농담처럼 들리겠지만, 아우슈비츠는 바로 이러한 관점에서만큼은 유익한 시도임이 입증되었다, 그런 까닭에 당신들이 지겨워할지라도, 내가 당신들에게 한 가지 이야기를 들려줄 테니, 할 수 있다면, 당신들이 내게 설명해 보라, 늙은 여우처럼 눈치 빠른 사람들을 앉혀 놓고 있으니, 짧게 말하려 한다, 그러니까 다만, 수용소와 겨울과 병자 수송과 가축 수송용 객차들, 그리고 며칠이 걸릴지 알 수 없는 이송 중에 단 한번 주어진 차가운 급식 정도에 대해, 배식은 열 개 단위로 포장되어 분배되었는데, 나는, 들것이라 불리던 조잡한 물건 위에 누워 있던 나는, 한 남자, 아니 차라리 해골이라 부르는 편이 더 적합할, 내 몫의 배식을 챙긴 한 남자에게서 — 그는, 왠지 모르지만, "선생님"이라고 불렸는데 — 눈을 뗄 수 없었다, 그러곤 열차에 실리고, 그리고 인원 파악을 위한 호명 조사가 틀리고 또 틀리는 소리가 들리고, 그리고 고함과 소동, 또 발길질, 그 뒤에 나는 다시 들어 올려져서는 다음 객차 앞에 내동댕이쳐졌다, 그때는 이미 "선생님"도, 내 몫의 배식도 보이지 않았다: 그 상황을 그려 보는 데는 이 정도면 충분할 것이다. 내가 어떻게 이 상황을 받아들였을지도 말이다: 먼저, 내겐 나를 끊임없이 괴롭히는 배고픔을 달랠 수 있는 먹을 것이 없었다, 이미 오래전부터 나에겐 낯설고도, 대단히 탐욕스러운 이 야수 말고도 그때까지 둔감하게 소리를 죽이고 있던 희망이라는, 또 다른 야수가, 그르렁대기 시작했다, 어떤 상황에서든 살아남을 길은 있을 거라고. 그러나 내 몫의 급식이 사라지자, 갑자기 이 모두가 매우 미심쩍은 것처럼 여겨졌다, 반면에 "선생님"의 생존 가능성은 내 몫의 급식으로 인해, 냉정하게 생각해 보면, 정확히 두 배로 늘어나 있을 터였다 — 내 몫의 배식은 그것으로 끝이라고, 생각했다, 뭐라 말해야 할까, 내가 그다지 기뻐할 일은 아니지만, 그 편이 보다 합리적 추론이라고 생각했다. 하지만 몇 분이 지나 내가 본 것은 무엇이던가? 나를 소리쳐 부르고 미친 듯이 사방을 헤매며 "선생님"이 나를 향해 비틀거리며 다가온다, 손에는 차갑게 식은 내 몫의 배식을 들고서 말이다, 그러고는 들것에 실려 있는 나를 발견하자, 재빨리 내 배 위에다 그것을 올려놓는다; 난 무슨 말인가 하려 하고, 당황스러움이 내 얼굴에 감출 수 없이 드러난다, 왜냐하면 나는 그의 작은 얼굴에서, — 그가 급히 되돌아간다 하더라도, 만일 그가 제자리에 없었다는 것이 발각되면, 그들은 그를 단번에 때려죽일 것이다 — 이미 죽음을 준비하고 있는 그의 얼굴에서 노기 띤 목소리를 읽었기 때문이다: "너 대체 무슨 생각을 했던 거야?" 이야기는 여기까지다, 내 인생을 단지 출생의 자의적인 우연에 뒤따르는 또 다른 자의적인 우연들의 연속으로만 간주하고 싶지는 않다는 것이 비록 사실이더라도 — 왜냐하면 그것은 정말로 매우 가치 없는 인생관이 될 테니 — 그 모든 일이 다만 내가 살아 있도록 만들기 위해 일어난 것이라고는 간주하고 싶지 않다, 왜냐하면 그것은 인생을 더더욱 폄훼하는 일이 될 것이기 때문이다, 예를 들어 "선생님"이 나를 살리기 위해 그 일을 한 것이 전적으로 맞다고 하더라도, 궁극적으로 나의 시각에서 볼 때 — 그가 무언가 다른 것에 의해 이끌린 것이 명백하므로 — 그는 무엇보다 스스로 살아남기 위해 그 일을 한 것이다, 물론 공교롭게도 나의 목숨까지 보존해 주었지만 말이다. 그리고 여기 그 물음이 있으니, 당신들이 할 수 있다면 나에게 설명해 보라, 왜 그가 그런 행동을 한 것인지. 하지만 그것을 말로 시도하지는 말아 달라, 당신들도 알겠지만, 말은 — 비유적으로 얘기하자면 — 어떤 일정한 온도의 특정한 상황에서는 그 실체를 잃어버린다, 그것의 내용과 그것의 의미를 잃고 그저 텅 빔으로 풀어진다, 그런 까닭에 이런 기체류의 응집 상태에서는 오직 행위만이, 순전히 행위만이 단단해지려는 경향을 보인다, 다만 행위만을 우리는, 말하자면, 손에 넣을 수 있으며 파고들 수 있다, 수정과 같은 벙어리 광물 한 덩어리를 파고들 듯이. 그리고 이것을 전제로 하면, ── 우리가 다른 그 무엇을 전제로 할 수는 없다는 것은 여기서 자명하므로, 그렇지 않겠는가, 집단 수용소 안에서 벌어진 유대인 말살 외에 무엇을 전제로 한단 말인가 ── 그리고 여기서 무엇보다 몸과 마음의 철저한 붕괴와 그에 따른 판단력의 병적인 위축에 빠지면 누구나 자기 자신의 생존 본능부터 따르려 한다는 것을 우리가 생각해 본다면, 그리고 나아가서 그 "선생님"이 목숨을 부지할 수 있는 두 배의 가능성을, 정확히 말해 그 자신의 것에 추가로 제공된, 말하자면 다른 이의 것이었을 가능성까지 두 배로 잡았던 기회를 내던져 버렸다는 것은, 뭐라 말하면 좋을까, 이두 번째 기회를 받아들인다는 것이 곧 그에게는 살아서 생존해 갈 수 있는 바로 그 유일한 가능성을 무화시켜 버리는 것이었을 수도 있음을 보여 준다; 그리고 거기에는 무언가가 있다, 그리하여 나는 당신들에게 다시금 간청하니, 거기 이름을 붙이려 들지는 말아 달라, 하나의 순수한 이념이 존재한다: 우리의 육체, 우리의 정신, 우리의 야생 본능과 같은, 어떤 이물질에도 교란되지 않은 이념이, 우리 모두의 마음속에 똑같은 표상으로 살아 있는, 이념이 있다, 그렇다, 이데아는, 어떻게 말해야 할까, 그것의 불가침성, 그것의 보존, 혹 당신들이 뭐라 말하고 싶어 하든, 그것이 "선생님"에게는 살아남을 수 있는 유일한 진정한 가능성을 의미한 것이다. 그것 없이는, 다만 목숨을 부지할 수 있는 기회란, 그에게 기회가 아니다, 왜냐하면 그는 — 이러한 개념 없이는 온전히 침해받지 않고 살아갈 수도 없을뿐더러 — 이러한 이념이 없이는 살고 싶어 하지 않기 때문이다, 아마 살 수도 없을 것이기 때문이다. 그렇다, 그리고 아무리 생각해도 그것에 대해서는 설명할 길이 없다, 도무지 이성적이지 않기 때문이다, 배식이라는 너무도 명백한 합리성, 유대인 학살을 위한 강제 수용소라는 곳에서 최후를 면하게 해 주는 그것의 합리성에 견주어 보면 말이다; 배식이 목숨을 부지시켜 주는 것이라고 할 때, 그것의 기능은 비물질적인 이념의 저항에 맞닥뜨리지 않는다, 그리고 그것은, 나의 생각으로는, 운명, 궁극적으로는 목숨 자체인, 운명들의 저 위대한 신진대사에 있어서 매우 중요한 증거이며 그 어떤 총통, 수상, 그 밖의 고위 관료들이 저질렀거나 저지를 수도 있을 망언이나 영리한 만행들보다 훨씬, 훨씬 더 중요하다, 라고 내가 말했을 것이다……. 그러나 나는 나의 이야기도 이제 지겹다, 그것을 부인하지 않으며 그것에 대해 침묵할 수도 없음에도 불구하고, 말하자면 나는 그것을 이야기하기 위해 여기 있는 것이다, 그것을 이야기하는 것이 나의 일이다, 어째서 그것이 나의 일인지, 조금 더 정확하게 말하면, 어째서 그것을 나의 일이라고 내가 여기고 있는지, 나도 모르기는 하지만 말이다, 아무리 멀리, 아무리 널리 이곳을 둘러보아도 내가 존재해야 하는 이유 따위는 없다, 여기 이 세상에서 내 존재의 마지막 지점에 도달한 이후부터는, 그리고 내 앞에 오직 하나의 일만을 두고 있는 지금, — 우리는 모두, 그것이 무슨 일인지 알고 있다 — 그리고 그것은 내가 결정할 일이 아니다, 아니다, 정말 아니다; 그리고 이제, 내 담배에서 피어오르는 연기처럼 아득하게, 꿈꾸는 듯, 나의 이야기들을 돌아보다가, 나에게 붙박여 있는 한 여자의 시선을 알아챈다, 그것은 내 안의 우물에서 물줄기라도 뽑아 올릴 기세였는데, 이 시선의 명료함으로 나는 불현듯 알게 되었다, 나는 알게 되고, 그리고 동시에 보게 되었다, 나의 이야기들이 얼마나 꼬불꼬불한, 얼마나 형형색색의 실로 얽혀 있는지를, 이 실들을 (그 당시엔 아직 미래의, 지금은 이미 과거의) 나의 아내, 오래전 나의 연인, 내 침대에 누워서는, 자신의 비단결 같은 머리를 내 어깨 위에 기대어 쉬고 있는 내 연인의 허리와, 가슴과, 목 주변에 드리운다, 난 그녀를 엮어서는, 나 자신에게 묶어 둔다, 빙빙 회전하며, 어릿광대의 옷을 입은 두 명의 민첩한 서커스 공연자는 나중에 성미가 고약한 관객, 실패 앞에서 죽은 듯이 창백하게, 빈손으로 굽실거린다. 하지만 ─ 그렇다 ─ 토마스 베른하르트의 작품에 등장하는 그 학자가 말했던 것처럼, 우리는 적어도 실패를 위한 의지는 가져야 한다, 왜냐하면 실패, 오직 실패만이 유일하게 성취할 수 있는 경험으로 남았다, 라고 나는 말하고, 그리고 나 또한 실패하기 위해 발버둥 친다, 만일 내가 무언가를 위해 애써야 한다면 말이다, 물론 나는 애써야만 할 것이다, 나는 살아 있고, 그리고 글을 쓰고 있으니까, 두 가지 다 발버둥이다, 사는 것은 오히려 눈이 먼 발버둥이고, 글을 쓰는 것은 보려는 발버둥이다, 글을 쓰는 것은 살아가는 것과는 다른 발버둥이다, 그것은 어쩌면 삶이 무엇을 하려는지 지켜보려는 발버둥

인지도 모른다, 그리고 다른 그 무엇도 할 수 없기 때문에, 그 것은 삶이 하는 말을 따라 하는 것이다, 그것은 삶을 되풀이 한다, 마치 그것이 — 글쓰기가 — 삶인 것처럼, 그것은 근본 적으로, 감히 견줄 수도 없이, 아니 더 정확히 말해 비교도 안 될 만큼 삶과는 다름에도 불구하고 말이다, 그러므로 우리가 글을 쓰기 시작하는 순간, 삶에 대하여 쓰기 시작하는 그 최 초의 순간부터 실패는 이미 예정되어 있는 것이다. 그리고 깊 이를 알 수 없는 밤, 빛과 소리 그리고 내 속을 후비는 듯한 아픔으로 고통스러운 이 밤, 궁극적인 물음들에 대한 최후의 궁극적인 대답들을 찾고 있는 지금, 비록 그 모든 최후의 궁극 적인 물음들에는 단지 단 한 가지 최후의 궁극적인 대답만이 존재한다는 것을 나는 얼마나 분명히 알고 있었던가: 최후의 궁극적인 대답은 모든 것을 풀이한다, 그것은 모든 질문, 모 든 질문자의 말문을 막아 버리는 것이기 때문이다, 우리에게 는 종국에 그 유일한 해답만이 남아 있다는 것, 이것이 우리 들의 발버둥이 도달하게 될 마지막 지점이다, 우리가 아무리 그것으로부터 눈을 돌리고 싶어 하더라도 말이다, 물론 우리 는 그것을 향해 발버둥 치고 있는 것은 아니다, 그랬다면 우리 가 발버둥 따위 쳤을 리가 없다. 비록 내가, 나로 말하자면, 이 모든 구차한 변명이 왜 필요한지 여전히 알 수 없음에도 불구 하고: 그럼에도 불구하고, 내가 이곳에서 내 삶을 — 오 신이 여! — , 이와 같은 삶을 되풀이하며 나 자신에게, 내가 일을 해야만 한다는 현실은 차치하고, 어째서 그것을 광적으로, 미 친 듯 부지런히, 중단 없이 하고 있는지 묻는다면, 나의 일과

나의 존속 사이에는 매우 밀접한 상관 관계가 있으므로, 그것은 너무도 자명하다:

여하튼, 내가 글을 쓰며 삶을 되풀이하는 동안, 나를 추동하는 것은 어쩌면 나의 은밀한 발버둥의 은밀한 희망이다, 말하자면, 내가 이 희망을 일단 알아차릴 수 있다는 것이다, 그리고 내가 그것을 알아차린 한, 나는 아마도 광적으로, 미친 듯 부지런히 중단 없이 글을 쓰게 될 것이다, 그렇지 않다면 대체 무엇을 위해 내가 글을 써야 한단 말인가. 그리고 내 아내(미래의 그리고 과거의)가 나중에, 둘이서 어둑한 거리와 조금 덜 어둑한 거리를 거닐었을 때, 나에게 물었다, 내가 이 순수한, 그 어떤 이물질에도 교란되지 않는 개념에다 과연 어떤 이름을 부여할 것인지에 대해서 말이다, 조금 전 사람들 앞에서 "선생님"과 결부시켜 이야기했던 그 개념, 여하튼 그녀는 그를 "매우 감동적인 인물"이라 언급하며 언젠가 내 소설들 가운데 한 편에서 그를 다시 만나기를 바란다고 말했다, 그 말에 대해서 나는 마치 선을 넘어서는 안 될, 적어도 마법이 아직 지속되고 있는 순간만은 선을 넘어서는 안 될 실수를 무시하듯, 말하자면 철저히 눈감으며, 나는 그녀에게 주저 없이 대답했다, 내 생각에 그것은 자유라고, 더구나 그것은 "선생님"이 그가 **했었어야** 하는 대로 행동하지 않았기 때문에, 자유인 것이라고, 말하자면 그는 굶주림, 생존을 위한 본능, 광기, 그리고 굶주림과 생존을 위한 본능 및 광기와 혈맹으로 묶여 있는 지배 체제의 합리적인 판단에 따라 **했었어야** 하는 대로 하지 않았던 것이다, 그는 오히려 모든 것을 그에 반하여, 뭔가 다른 것을, 그가 하지 않아도 되었던 무언가를, 그 누구도 다른 누군가에게 합리적으로 기대하지 않았던 무언가를 했던 것이다. 나의 아내는 (그때는 아직 나의 아내가 아니었던) 그 말에 잠시 할 말을 잃었다, 그러고는 갑작스럽게 입을 열었고, 나는 그녀의 얼굴을 기억한다, 그녀가 나를 어떻게 올려다보았는지, 밤의 불빛들이 스쳐 가고 그녀의 얼굴은 부드럽고 화사하게, 유리처럼 반짝였다, 마치 1930년대 근접 촬영한 사진처럼, 그리고 나는 아직도 그녀의 목소리를 기억한다, 흥분으로 동요되어 떨리던 목소리, 마치 대담한 일을 벌이기라도 하려는 것처럼, 적어도 나는 그때 그렇게 느꼈다, 그리고 왜인지 이유는 알 수 없지만, 아마도 그것은 내가 느끼는 대로였을지 모른다, 왜냐하면 그 어떤 것도 우리가 믿는, 믿고 싶어 하는 것과 같지는 않다, 우리들의 **표상**이 아닌, 우리들의 망상이 바로 이 세상이다, 상상할 수 없는 놀라움으로 가득한 세상, 그녀가 돌연 말했다, 내가 너무 고독하고 슬픈 것임에 틀림없다고, 그리고 나의 그 모든 경험에도 불구하고 아직 어수룩한 것이 틀림없다고, 내게 인간에 대한 믿음이 그토록 부족한 것을 보면, 그러니까, 내가 일종의 자연스러운(그렇다, 그녀가 '자연스러운'이라고 말했다), 일종의 **자연스럽고** 솔직한 인간적 몸짓 하나를 설명하기 위하여 이론들까지 들먹여야 하는 것을 보면 그렇다는 것이다, 그리고 나는 이 말들이 얼마나 내 속을 뒤집어 놓았는지 기억한다, 이 어설픈 말들, 빈약하기 그지없어 더욱 공격적인 말들, 나는 기억한다, 이 발언에 이어서 처음에는 수줍어하다, 이어서 뭔가 의문을 가진 듯, 그러곤 재빠르게 친근한 표정으로 변한 그녀의 미소를, 그 후 여러 번 떠올리려고 했었던 이 표정 연기를 난 기억한다, 왜냐하면 그것이 나를 어떤 의미로는 항상 매혹했기 때문이다, 처음에는 기쁨으로 충만하게, 이후에 그 표정을 더 이상 떠올릴 수 없게 되었을 때는, 고통스럽게 떠올렸다, 말하자면, 처음에는 그것의 실재가 매혹적이었다면, 나중에는 그것의 부재가, 조금 더 나중에는 단지 그것에 대한 기억이 매혹적이었다, 언젠가 그러했던 대로, 달랐던 적이 없기 때문에, 아마도 그럴 것이라고 떠올리는 기억, 나는 내 모든 감정들, 불현듯 응축되어 거의 곤혹스럽게 나타났다가는 서서히 희미해지던 감정들을 기억한다, 그리고 무엇보다 내게 팔짱을 껴도 좋을지 묻던 그녀의 질문을 기억한다, 물론이죠, 라고 나는 대답했다. 이쯤에서 내가 당시 대략 어떻게 살고 있었는지 언급하는 것이 맞을 듯하다, 내가 이해하고 인식해야 할 필요가 있는 것들을 내가 이해하고 인식하기 위해서 말이다. 이 순간은 다른 비슷한 순간들과는 어떻게 달랐던 것일까, 내가 한 여자와 곧장 잠자리에 들었을 법한 저 순간들처럼, 그렇게 결정이 이루어지는 순간들과 무언가 달랐던 것일까. 그래서 나는 그것을 이렇게 말한다: "결정이 이루어지다"라고, 왜냐하면 비록 그것이 맞을지라도, 내가 이 결정에 매우 큰 역할을 한다는 것, 내가 바로 선동자로 앞에 나서거나 혹은 최소한 앞장선 것처럼 보이는 것보다 더 자연스러운 일은 없을지라도, 그것은 소위 하나의 결정으로는 결코 보이지 않는다, 오히려 정반대로 그와 같은 결정의 가능성조차도 불가능하게 만드는 어떤 무모한 행위처럼 보인다, 동시에 그것은 내 발 앞에 펼쳐지는 소용돌이처럼 나타나고, 내 몸 안의 피는 폭포수처럼 끓어올라 다른 모든 결정들을 잠재워 버린다, 한편 그와 같은 무모함의 통상적인 결과라면 나는 처음부터 완전히 분명하게 알고 있었다, 따라서 나는, 만약 결정의 과정에서 내가 결정할 수 있게 된다 하더라도, 이런 종류의 무모함을 무릅쓸 결정은 결코 하지 않을 것이다. 하지만 어쩌면 바로 이것, 이 모순, 이 소용돌이와 같은 것이 나를 끌어당기고 있는지도 모른다. 나는 모른다, 나는 그것을 모르겠다. 이런 일이 내게 단 한 번만 일어났던 것은 아니다, 똑같은 일이, 똑같은 방식으로 일어나 체계적인 반복으로부터 나를 움직이고 조종하는 일종의 패턴을 추론해 낼 수 있을 지경이다: 한 여자가, 수줍은 미소에, 허둥지둥하는 동작과, 약간은 풀어진 머리카락으로, 맨발을 한 채 옛 하녀의 모습으로, 나지막하고 겸손한 음성으로 요청한다, 들어가도록 해 달라고, 난 무슨 말을 해야 할까, 진부한 말 같은 걸 하지 않으려면, 하지만 결국 나는 그 진부한 말을 하게 될 터이다, 다른 어떤 말을 할 수 있겠는가, 일단 이 닳고 닳은 술수는 이미 태곳적부터 입증된 것인데, 그것도 놀랍도록 훌륭하게 말이다: 그러니까 그녀는 내 마지막 죽음 속으로, 즉 내 심장 속으로 들어가는 것을 허락해 달라고 한다, 그곳에서 그녀는 사랑스럽고 호기심 어린 미소를 지으며 주위를 둘러본다, 보드라운 손으로 모든 것을 만져 본다, 이것저것 먼지를 닦아 낸다, 퀴퀴한 냄새를 없애려 환기시킨다, 이것저것을 내다 버리고는, 그 자리에는 자신의 소지품들을 가져다 놓는다, 예쁘고, 깔끔하고, 거부할 수 없게 갖추어 놓는다, 마침내 그녀가 그곳에서 나를 완전히 몰아냈다는 사실을 깨달을 때까지 말이다, 그리하여 나는 추방된 이방인처럼 내 마음 주변을 서성이며, 그것이 닫힌 문 뒤로 저 멀리에서 아른거리는 것을 바라본다, 마치 노숙자가 다른 사람들의 따뜻한 집 안을 들여다보듯이; 그리고 매우 빈번하게 나는 다시 그곳에 입주하여, 다른 여자의 손을 끌고 와서는 그곳에 들어앉혔다. 하나의 견고한 관계, 고통스럽고도 예측할 수 없을 만큼 단단한, 하나의 관계를 마감한 후에 나는 그 모든 것을 철저하게 ─ 입체적으로, 라고도 말할 수 있을 것이다, 번역가이자 작가로서의 나의 직업에 어울리게끔 ─ 다시 생각해 보았다, 이 관계로 인해 그 당시 나는 꽤 지쳐 있었다, 지쳤다고 적어도 나는 생각하고 있었다, 그리고 그것으로 인해 내가 나의 일에 있어서 필수 불가결한, 뭐랄까 중요하고도 포기할 수 없는 자유를 위협받는다고 생각했기 때문에, 미래에 대한 주의를 기울이며, 동시에 신중함을 유지했다. 무엇보다도 그토록 오랜 시간 갈망하여 다시금 쟁취한 자유가 결코 저 일의 활력 ─ 이러한 변화가 가져다줄 것이라고 내가 기대했던 ─ 까지 선물로 주지는 않는다는 사실을 인정할 수밖에 없었기 때문에, 그렇다, 나는 어처구니없게도 직시할 수밖에 없었다, 내가 다만 이 자유를 향해 몸부림치며, 결정에는 무능한 채 그 관계를 끊었다가 다시금 연결하기를 반복하는 동안, 나는 좀 더 역동적으로, 그러니까 좀 더 열정적으로, 그에 따라 더 생산적으로 일할 수 있었다는 것을, 이후 내가 다시 자유로워졌을 때, 정작 그 자유는 공허함과 지루함만으로 나를 채웠던 것이다; 그러고는 시간이 한참 흐른 뒤에 또 다른 상황, 소위 행복으로 채워진 상황으로부터 ─ 우리들의 연인 관계가 이어지는 동안, 그리고 이후에는 결혼 생활의 초기에 내가 아내와 함께 체험한 상황으로부터 ─ 배웠듯이, 이 상황 또한, 말하자면 행복도 나의 일에는 불편한 영향을 미친다. 그 때문에 나는 우선 나의 일을 관찰하며, 대체 나의 일이라는 것이 무엇인지, 어째서 이토록 침울하고, 끊임없이 지치게 하며, 종종 거의 실행 불가능한, 거의 자살 행위나 다를 바 없는 과제들을 내거는 것인지 알아내고자 했다, 그리고 비록 내가 그 당시 여전히 혜안으로부터, 본질적으로 무덤을 파는 것과 다르지 않은, 다른 사람들이 나를 대신하여 공중에 파기 시작했던 저 무덤을 파고 또 파고, 끝이 보일 때까지 파는 일과 다르지 않은, 내 일의 진정한 본성을 인지하는 것으로부터 멀리 ─ 맙소사, 그토록 멀리! ─ 동떨어져 있었지만, 어떤 경우에도 나는, 내가 일을 하고 있는 동안은 내가 존재한다는 것을 인식하고 있었다, 내가 일하지 않을 경우, 존재하게 될지, 존재할 수 있을지, 누가 알겠는가, 그러므로 여기 나의 존속과 나의 일 사이에 무엇보다 중대한 연관이 있다는 것, 그것의 한 전제가 ─ 비록 나에게는 슬픈 일이긴 하지만, 다른 그 무엇을 생각할 수도 없이 ─ 불행함이라는 것을 알고 있다, 그러나 그것이 물론 나에게서 즉각 일의 기회들을 앗아 가는 불행 같은 것은 아니다, 감옥으로 끌려가거나 하는 것은 차치하고, 예컨대 질병, 노숙, 궁핍 같은 것은 아니다, 그보다는 오히려 불행의 장난질이라고 할 것인데, 그것은 오직 여자들만이 나에게 들이부을 수 있는 것이었다. 그리하여 나는, 그렇게, 말하자면, 무엇보다도 바로 그 당시 내가 마침 쇼펜하우어의 에세이「개체의 운명에 있어서 가식적인 고의성에 관하여(Üeber die anscheinende Absichtlichkeit im Schicksale des Einzelnen)」를 읽고 있었기 때문에 그랬는지 모르지만 — 이 글은『여록과 보유』의 한 권에 들어 있었는데, 그것을 나는 온나라가 뒤집어지고 국외 이주 물결이 이어지던 도서관 청산 시절에 한 고서점에서 획득했다, 그것도 아주 싼 값으로, 어떠어떠한 책들의 어떠어떠한 검열, 분서, 폐기 등 책들의 아우슈비츠가 횡행하던 시기에 말이다 — 내가 어쩌면, 시대에 뒤진 정신 분석학의 닳아빠진 표현을 쓰자면, 성적인 콤플렉스를 가지고 있을 가능성을 아예 배제할 수 없었다, 결국, 내 어린 시절의 견실하지 못했던 환경을 생각하면, 그렇게 크게 놀랄 일도 아닐 것이라고, 나는 생각했다. 문제는, 이제 다만, 나 스스로 자문하기를, 나에게 해당하는 그 문제가(반드시 결정적인 요인은 아닐지라도, 이 자기 분석의 단순한 기능은 그 자체가 희망 이상의 것이라고, 나는 생각했다) 아버지-아들 관계의 문제인가 어머니-아들 관계의 문제인가였다, 그리고 내가 나 자신에게 주었던 대답은, 나의 행동은 어머니에게 거세된 어머니-아들의 역할에 가장 가깝다는 것이었다. 당시 나의 메모들이 입증하듯, 나는 심지어 그것에 관한 가설을 만들기까지 했었다. 이 가설에 따르면 아버지의 거세된 아들은, 오히려 초월적인 문제의식으로 기우는 경향이 있다, 그에 반하여 어머니의 거세된 아들은 — 나는 스스로를 이것으로 가정했었는데 — 감각적인 것, 유연하고 변형 가능한 물질성에 훨씬 더 민감하다, 나는 전자의 사례를 카프카에게서, 후자의 사례를 프루스트와 요제프 로트에게서 찾을 수 있다고 섣불리 생각했다. 그리고 비록 이 가설이 어쩌면 극히 빈약한 기반 위에 서 있을 수도 있고, 내가 그것을 글로 기록할 만큼 나 스스로를 믿지는 않을지도 모르며, 여러 사람들과 함께 나누는 한밤의 대화에서 그것을 밋밋한 테마로 던질 생각은 더군다나 없지만, — 왜냐하면 그것이 전혀 나의 흥미를 끌지 못하기 때문이다, 오, 대체 그것으로부터 얼마나 멀리 떨어져 버린 것일까, 여하튼 내가 기억하는 것이 있다면 그것은 다만 길고 긴 길로, 그 길이 얼마나 더 길게 이어질지 대체 누가 알겠는가, 진정한 혜안으로, 말하자면 명료한 의식으로 스스로를 삭제하는 길로 나아가는, 보폭이 짧고, 방향을 잃은 소심한 발걸음이었다 — , 그 어떤 경우에는 분명한 사실은, 뭐라 말하면 좋을까, 내 콤플렉스가 가진 이점은 나에게서 나의 작품으로, 그에 반해 그것이 끼치는 해는 내 작품에서 나에게로 다시 돌아왔다는 것이다. 그런 까닭에 나는, 내가 타고난 운명에서가 아니라, 그때 내가 취했던 행동에서 나 스스로 어머니의 거세된 아들 역할을 은밀하게 고안해 냈다는 것, 그렇다, 정말 그럴듯하게 지어냈던 것이라고 추론할 수 있다, 아마도 그것에 따르는 매우 고유한 고통, 나에게는 적지 않은 난처함을 주는 일이지만 그럼에도 이야기하자면, 쾌락에 찬 고통, 내가 나의 작업을 위하여 절대적으로 필요로 하는(물론 나에게 무엇보다 우선하여 필요한 자유 다음으로 필요로 하는) 고통 때문이었을 것이다. 그렇다, 나는 고통 속에서 결국 예기치 않게 창조적인 힘에 맞닥뜨리는 것 같다, 그리고 어떤 대가를 치르든, 전혀 아무렇지 않은 것이다, 여기 이 창조적인 힘들 속에서 혹 단순히 그 평범한 보상이 이루어질지라도, 중요한 것은, 고통이 생성되고, 그리고 그러한 고통을 통해 내가 어떤 종류의 진실 가운데 살게 되는 것이다, 내가 만일 그러한 진실 가운데 살지 않는다면, 누가 알겠는가, 그 진실은 어쩌면 나를 냉담하게 내버려 둘 것이다: 그러나, 그도 그럴 것이, 고통의 관념은 내 안에서 친밀하고도 지속적으로 삶의 얼굴과, 삶의 — 이것을 나는 확신한다 — 가장 현실적인 얼굴과 얽혀 있다. 그리고 이것으로서 나는 앞서 이야기했었던, 즉 나의 창작 욕구란 것이 내가 완전한 자유를 소유하고 있을 때는 어째서 줄어들고, 반면에 자유를 둘러싼 투쟁과 온갖 종류의 정신적 고뇌 속에서는 어째서 증가하는 것인지에 대한 해명을 찾게 되었다: 나의 콤플렉스에 의해 유발된(혹은 나의 콤플렉스를 유발하는) 신경증은 요컨대 명백하게도, 혹여 그것이 쇠퇴기에 있다면, 일하고 싶은 나의 욕구는 감소하고, 반면에 내 안에 잠들어 있는 신경증을 터뜨리기 위한 새로운 트라우마가 생겨난다면, 일하고 싶은 나의 욕구 또한 다시 불타오르는 것처럼, 나에게 영향을 미친다. 이것은 아주 명백하고 단순한 것이다, 그리고 이제, 이렇게도 생각할 수 있을 터인데, 지속적으로 저 유발 요인들이 잘 공급되기만 하면 되는 것인데, 그들이 나의 일에 쉼 없이 불을 지핀다. 그리고 내가 이것을 이처럼 신랄하게 언급하는 것은 바로 그러한 부조리를 나 자신에게 강조하기 위해서다. 왜냐하면 이러한 자기 분석을 마침과 동시에, 나 또한 나의 콤플렉스를 청산했기 때문이다. 게다가 당연하게도 나는 즉시 그것에 대한 혐오감을 갖기 시작했는데, 보다 더 정확하게는, 내 콤플렉스에 대해서뿐만 아니라, 이러한 콤플렉스를 나 자신으로부터 숨기고 속여 온, 정확히는 이러한 지적인 미숙함을 자인하고, 용납할 수 없는 취약점을 자랑하는, 바보 같은 유아적 콤플렉스를 키워 온, 나 자신에 대해서도 혐오감을 갖게 되었다는 것이다. 유아증보다 더 끔찍해하는 것도 없었음에도 말이다. 이처럼, 적어도 난 나의 이 콤플렉스로부터, 치유되었다. 좀 더 정확히 말하자면, 나 자신이 치유되었다고 선언했다. 물론 내 건강을 되찾는 것보다는 내 자존심을 되찾는 데 더 큰 의의가 있었다. 그런 까닭에 머지않아, 다른 여성과 새로운 관계를 시작했을 때, 잔인하게 들릴 수도 있는데, 그럼에도 우리 사이에서 "사랑"이라는 단어와 그 동의어들은 절대로 내뱉을 수 없도록, 매우 실제적인 조건을 정했다. 그러니까 달리 말하자면, 우리 사랑은 서로 사랑하지 않을 때까지만, 그때까지만 지속될 수 있었다. 쌍방 간이든 일방적이든 상관없이 말이다. 왜냐하면 이러한 불행이 우리 둘 가운데 어느 한쪽에게 또는 혹여 우리 둘 모두에게 뒤따르는 경우, 그러한 순간이 오면, 우리는 즉시 관계를 끝내야 할 것이기 때문이다; 그리고 나의 파트너는, 이런 식으로 불러도 괜찮다면, 그녀도 마찬가지로 힘겨운 연애로부터 이제 막 회복되고 있었기 때문에, 이 조건을 (적어도 외견상으로는) 아무런 고민 없이 받아들였다. 비록 우리 관계의 순탄함에 대한 의심은 없었지만, 분명하게도 곧 이어서 이는 그녀를 혼란스럽게 만들었다, 그리고 중간에, 결국 (적어도 나에게는) 과격한 해결책을 의미했던, 과거의, 당시에는 아직 미래의 내 아내를 알게 되지만 않았더라도, 그녀는 우리의 관계를 힘겨워했을 것이다. 게다가, 이 무렵 난 여전히 월세를 내며 살고 있었는데, 그와 같은 삶이, 말하자면, 이미 서서히 십여 년을 넘어서며 고착화되는 상황에서는, 부인할 수 없게, 불가능하게 보였던 것이다, 그 당시, 대부분의 경우 심근 경색, 당뇨, 만성 위궤양, 심신 쇠약, 윤리적이고 물질적인 타락 또는 보다 나은 경우라고 해 봐야 가족의 삶이 완전히 무너지는 대가를 치르면서, 어쨌든 내 친구들과 지인들 거의 대부분은, 또는 내가 그들을 뭐라 부르든 간에, 자신들의 아파트를 마련했다; 나로 말하자면, 그와 같은 것에 대해서는 전혀 생각을 하지 않았고, 만약 어떤 생각을 했다면, 그것은 내가 그와 같은 것은 생각할 수 없다는 생각이었을 것이다, 그 이유는 단순한데, 왜냐하면 나는 다르게 살아야만 했기 때문이다. 돈이라는 표식, 돈을 벌어들인다는 표식, 그것은 포기와 망상과 타협, 그리고 여하튼 수많은 **불편함**을 수반했을 것이다, 비록 내가 이 모든 것은 단지 목표에 도달할 때까지만 유효한 일시적인 것일 뿐이라고 나 자신을 기만했었을지라도 말이다, 대체 어떻게 일시적으로라도 우리가 변함없이 일상적으로 살아 내야 하는 삶과 다르게 살 수가 있단 말인가, 그러한 삶은 우리가 주인이자 입법자인 곳, 우리 스스로 규정해 온 우리들의 평범한 삶에 쓰라린 결과들을 초래할 것인데 말이다, 그러므로 나는 그것을 도저히 감내할 수가 없었다, 그 모든 부조리함, 헝가리에서 아파트 한 채를 마런하기 위해 치러야 하는 그 모든 부조리한 불편함을 떠안을 생각은 추호도 없었다, 그것은 그 무엇보다 나의 자유를, 나의 정신적인 독립성을, 외적인 상황에 좌우되지 않는 나의 독립성을 훼손했을 것이다, 그것도 완전히 못쓰게 망쳐 버렸을 것이다, 그러므로 나는 있는 힘을 다해 내 인생 전부를 걸고 그것의 위협에 맞서야 했던 것이다. 그리고 어쨌든 나는 아내가 옳았다는 것을 인정해야 한다, 아내는 당시 내 형편을 막무가내의 저돌성과 가차 없이 파고드는 질문들로 탐색하고는, 그 즈음 내게도 이미 한참 친숙해지고 있던 표정 연기까지 ─ 그때 나는 그녀의 얼굴이 마치 예기치 않은 순간에 떠오르는 놀라운 태양 같다고 생각했는데 ─ 동반한 채, 이렇게 말했다, 내가 소위 나 자신의 자유를 위해 나 스스로를 가두고 있다고. 그렇다, 그것은 물론 어느 정도 사실이었다. 더 정확하게 말하자면, 바로 이것이 진실이었다. 헝가리에서 아파트를 취득하며 겪는 지옥과 아파트를 취득하지 못해 겪는 감옥 사이의 선택 앞에서 나에게는 후자가 더 적합했다는 것, 오히려 나는 그 안에서 ─ 헝가리에서 아파트를 취득하지 못해 겪는 감옥 안에서 ─ 더 즐겁게 내키는 대로, 그리고 나 자신을 위해서 살 수 있었다는 것, 안전하게, 눈에 띄지 않게, 그리고 결백하게 살 수 있었다는 것이 진실이었다, 다만 이 감옥이, 만약 은유적인 표현을 써도 좋다면, 아마도 나는 통조림 깡통이라고 부르고 싶을 이 감옥이, 갑작스럽게 그리고 의심의 여지 없이 내 아내가 그것을 마법처럼 소환하자마자 적나라하게 실체를 드러내며 나의 셋방살이가 단번에 무방비하고, 갖가지 위험에

노출되어 있으며, 견고하지 못한, 그에 따라 지속 불가능한 것처럼 보이기 전까지는 말이다, 어쨌거나 그 이후 나의 삶, 궁극적으로는 현재의 내 인생 역시 마찬가지로 지속 불가능한 것으로 판명되었지만 말이다, 생각해 보면 모든 삶은 지속 불가능한 것 같다; 인식이라는 불빛 아래서 인생을 들여다보았을 때, 우리의 삶이 지속 불가능하다는 인식으로 우리를 이끄는 것은 우리 삶의 지속 불가능성 바로 그 자체다, 그리고 우리가 빼앗기고 있는 것이기에 삶은 지속 불가능하다는 인식은 현실적이다. 그렇다, 나는 마치 온전히 다 살아 내지 않는 것처럼, 약소하게, 임시로, 넋을 놓은 채, (다만 나의 일만은 진지하게 생각하며) 셋방살이를 했다, 이 불분명한 기분으로, 그럼에도 불구하고 또한 해명 따위는 필요로 하지 않는, 확고한 기분으로 살았다, 그리하여 나는 이곳에서 단지 막연한 대기의 시간, 나의 생성과 나의 소멸 사이에 주어진 그 대기의 시간을 어떻게든 (가능하다면 일과 함께) 써 버리기만 하면 되었다, 비록 이 대기의 시간이 내게 주어진 유일한 시간, 오직 나만이 이 시간에 대해 해명할 수 있는 유일한 시간임에도 불구하고, 비록 내가 무엇 때문에 누구에게 해명해야 하는 것인지 알지 못함에도 불구하고, 어쩌면 그 누구보다 나 자신에게 해명해야 했겠지만, 내가 여전히 인식해야만 하는 것을 인식하고, 여전히 해낼 수 있을 일들을 해내기 위해서 말이다, 그리고 그렇다면 나는 모두에게 해명을 빚지고 있는 것이다, 다시 말하면 아무에게도 해명을 빚지지 않은 것이다, 그것은 곧 누군가에게 ─ 그 누가 되었든 ─ 우리 때문에, 그리고 우리를 위해 부

끄러워하게 될 그 누군가에게 빚지고 있는 것이다, 결국 나는
내가 생성되기 이전의 시간에 대해서도, 내가 소멸하고 난 이
후의 시간에 대해서도 해명할 수 없다, 그러한 상태들이 단 한
번뿐인 나의 시간과 어떤 관련이 있을 거라는 생각을 나는 할
수 없기 때문이다. 그리고 지금, 나에게 내려앉고 있는 밤의 명
료함 속에서, 서늘한 무심함으로, 하지만 어떤 감정의 엄습으
로부터는 완전히 자유롭지는 못한 채로, 나의 셋방살이에 대
해 오랜 시간 골똘히 되새겨 보다가, 불현듯 내가 그 원형(原
型)을 알고 있다는 생각이 들었다, 그리 오래전 일도 아니지
만 — 동시에 까마득한 영원처럼 멀게 느껴지는 — 이전의 그
수용소 생활에서 말이다, 더 엄밀히 말하자면 나의 수용소 생
활이 더 이상 수용소의 생활이라고는 할 수 없었던 그 시기,
우리들을 감시하던 군인들의 자리에 우리들을 해방시키러 온
군인들이 들어섰던 그 시기의 수용소 말이다, 어쨌거나 그것
도 수용소의 삶이긴 했다, 나는 여전히 수용소 안에서 살고
있었으므로. 그것은 이러한 변화 — 즉 우리를 감시하던 군인
들의 자리가 우리를 해방시킬 군인들로 대체되었던 — 가 일
어났던 바로 그다음 날이었다, 그다음 날 아침 나는 병원 막
사에서, 그러니까 당시 나는 완곡하게 말해, 몸이 성치 않아
병상에 누워 있었는데, 물론 병원 막사에 누워 있어야 할 근
거는 이미 찾을 수 없는, 그런 환자였지만, 그간 내게 더 익숙
했던 불운들만큼이나 당황스러운 행운의 모습을 띤, 일련의
상황들이 맞아떨어져, 어쨌든 나는 병원 막사에 누워 있었다,
그리고 다음 날 아침 막사로부터, 그러니까 병실로부터 나와,

이른바 화장실이라는 곳으로 비틀거리며 나아갔다, 그러곤 이른바 화장실이라는 곳의 문을 밀고 들어서서는, 곧바로 세면대 또는 어쩌면 그 전에 소변기 쪽으로 이동하려고 했었던 것 같다, 순간적으로, 이 표현 그대로 일어났던 상황이라, 난 이 진부한 표현보다 더 적절한 표현을 생각해 낼 수가 없다, 순간적으로 발이 땅에 뿌리박혀 버린 듯 멈춰 섰다, 요컨대 한 독일군 병사가 세면대에 서 있었고, 내가 들어서자 천천히 나를 향해서 머리를 돌렸던 것이다; 그리고 내가 순전히 소스라쳐 땅바닥에 주저앉거나 기절하기 전에, 바지를 오줌으로 흥건히 적시기 전에, 혹은 누가 알겠는가, 무슨 일이 또 벌어질 수 있었을지, 내 시선이 공포의 검회색 짙은 안개 너머로 어떤 움직임을, 세면대 쪽으로 나를 부르는 그 독일군 병사의 손동작을 알아차렸고, 그 독일군 병사가 나를 향해 흔들던 손에 들려 있던 걸레를, 그리고 미소를, 그 독일군 병사의 미소를 알아차렸다, 다시 말하자면, 그 독일군 병사는 그저 세면대를 닦고 있었을 뿐이고, 그의 미소는 그저 나에게 세면대를 언제든 써도 된다는 것을 표현한 것뿐이라는 사실을 내가 천천히 깨달은 것이다, 독일군 병사가 나를 위해 세면대를 닦았다는 것, 그것은 세상의 질서가 바뀌었다는 것을 의미했다, 세상의 질서가 바뀌어도 달라진 것은 아무것도 없다는 것을 의미했다, 다만 어제까지는 내가 포로였는데, 오늘은 그가 포로가 되었다는 것 정도만큼 세상의 질서가 달라졌으며, 그 정도의 변화만큼이 무시될 수 없다는 것을 의미했다, 그리고 이것은 내게 갑자기 들이닥쳤던 공포감을 잠재웠는데, 그 즉각적인 감각을 길들여 영

원히 썩지 않고, 흔들리지도 않는 불신으로 서서히 변화시켰
던 것이다, 그것이 나의 내면에 일종의 세계관을 길러 냈다고
말해도 좋을 것이다, 그리고 그것은, 이후 지속된 나의 수용소
생활에서, 그러니까 나는 그후로도 오랫동안 그렇게, 해방된
수용소의 수감자로서, 수용소에서 지냈는데, 그것은 말하자면
나의 자유로운 수용소 생활에 어떤 독특한 분위기, 다시 되찾
은 삶의 비할 바 없이 달콤하고 귀한 경험을 가져왔다고, 내가
비록 그렇게 살아갔지만, 독일인들은 언제고 다시 돌아올 것이
라는 느낌과 함께였으니, 온전히 살아간 것은 아니라고 말해
도 좋을 것이다. 그렇다, 나는 인정하지 않을 수 없다, 내가, 당
시에는 아마도 아직은 무의식적으로, 이제 그 모든 상황들을
겪은 후에도 결국엔 이 경험을, 내 자유로운 수용소 생활의
잊지 못할 달콤하고도 조심스러운 경험을 집 없이 살도록 강
제하는 상황, 나의 셋방살이 생활로 연장시켜 왔다는 것을 인
정하지 않을 수 없다, 그것을 인식하기 전과 인식한 후의 삶을
각각 경험하는 것, 삶의 그 모든 고난의 짐을 지지 않은 채, 무
엇보다도 삶 자체의 무게를 걸머지지 않은 채, 살아가고 있기
는 하지만, 독일인들이 언제든 다시 돌아올 것이라는 기분으
로 살아가고 있는 것이다; 그리고 만약 내가 이러한 인식 또는
삶의 방식에, 혹은 내가 그것을 무엇이라 명명하든 간에, 어떤
특정한 상징적인 의미를 부여한다면, 그것 또한 부조리하게 보
이지는 않을 것이다, 왜냐하면 그것은 그만큼 현실적이며 진
실에 가깝기 때문이다, 상징적인 의미에서 독일인들이 언제든
돌아올 수 있다는 것은 그토록 사실적인 것이다, 죽음은 독일

84

에서 찾아온 지배자이며, 그의 눈동자는 파랗다(der Tod ist ein Meister aus Deutschland, sein Auge ist blau), 죽음은 언제든 도래할 수 있으며, 죽음은 네가 어디에 있든 네 앞에 닥칠 것이고, 너를 비껴가지 않고 정확하게 맞힐 것이다. 그리하여 나는 나의 셋방살이를 살아왔다, 온전한 삶을 살지 않는 것처럼 그렇게, 그리고 그것이 결코 온전한 삶은 아니었다는 것은 부정할 수 없다, 그것은 다만 목숨을 부지하기, 연명하기, 그렇다, 더 엄밀해지자면, 그저 살아남기일 뿐이었다. 그것이 나의 내면에 깊숙한 흔적을 남긴 것은 명백하다. 내가 가진, 누가 봐도 명백한 기이함의 일부분 또한 여기 뿌리를 두고 있다고 나는 생각한다. 예컨대 이쯤에서 소유물에 대해 내가 관계를 설정하는 방식을 언급해야 할 것 같다, 소유물, 모두를 살게 하고, 모두를 움직이며, 모두를 미치게 만들기도 하는 소유물, 이 소유물과의 관계라는 것은 사실상 실재하지 않으며, 실재한다 해도 오로지 부정적인 것뿐이라고 나는 생각한다. 나는 이러한 부정성을 타고난 것, 일종의 선천적 장애라고는 생각하지 않으며 그런 상상은 할 수조차 없다, 그렇지 않고서야 어떻게 저 사소한 것들(나의 책들) 또는 바로 가장 중요한 나의 소유물인 나 자신을 향한 융통성 없는 나의 집착을, 내가 가장 중요하게 여겨 온 나의 소유물, 즉 나 자신을 늘 억세게 지켜 왔다는 사실을, 어떻게 설명할 수 있단 말인가, 한편으로는 내 자유의지로부터 연유한 것이 아닌, 모든 종류의 실질적인 자기 파괴에 대항해, 다른 한편으로는 모든 종류의 공동체적 사고(이런 것을 나는 또한 실질적인 자기 파괴의 변종들로 생각했을 터인데)의 저급하고 왜곡된 유혹들에 맞서, 확고하게, 감히 단언하자면, 과격하게 자신을 지켜 왔었고, 또 계속 지켜 가고 있다는 것을, 그렇다, 더 굳건하게: 더더욱 굳건하게 지켜 가고 있다는 것을, 비록 그것은 물론 또 다른 몰락을 위한 것이지만 말이다; 그렇다, 소유물에 대한 나의 부정적인 입장은 단지 나의 살아남기가 살아남는 것을 통해서, 매우 기이하고 어떤 의미에서는 그다지 비생산적인 것도 아니지만, 그럼에도 불구하고 유감스럽게도 오래 지속될 수는 없는 삶의 방식을 통해서 생성되었다는 것, 그 삶의 방식이 나의 셋방살이 또한 그토록 당연한 것으로 보이게 한다는 것에 대해 나는 일말의 의혹도 없다. 게다가 지옥의 음흉한 법률에 따라, 우리가 합창하듯 끊임없이 흐느끼며, 가장 찬란한 영광의 시절이라 선언해야 했던, 저 암울하기 그지없던 시절에 기어들어 간 셋방은 실상 나를 구세주처럼 받아 주었는데, 나의 입주가 그 유일한 공간을 아마도 구원했던 모양이다, 부다 지역 한적한 골목길에 숨어 있는 이 집은 내가 세를 들어가지 않았더라면, 다른 사람의 손에 넘어갔든가, 압류되었든가, 몰수당했든가, 이렇든 저렇든 처분되었을 거라고 했다, 그런 이유로 나는 단지 소위 상징적인 임대료만 지불하면 되었는데, 그것은 나중에 시간이 흐른 뒤에도 그저 상징적인 액수만큼 인상되었을 뿐이다, 그러니까 나는 이 셋방에서, 아직 소유물에 대해 생각할 수 없었던 그 시절뿐만 아니라, 훗날 그것에 대해 이미 생각할 수 있었던, 나아가 어쩌면 생각해야만 했던 시절에도, 그럼에도 불구하고 그것에 대해 생각하지 않았는데, 말하자면, 나는 이곳에서 소유에 따르는 위험들로부터 전혀 위협받지 않았던 것이다, 혹은 수도관 파열, 천장의 균열 또는 그 밖의 고장에 따라오는 당혹스럽고 절망적인 조치들로 인해, 소유물에 관련한 그 모든 고민들로 인해, 이 자산이 과연 만족할 만한 것인지, 더 많은 혹은 적어도 더 만족스러운 자산을 취득해야 하는 것은 아닌지, 당연히 이미 가지고 있는 자산을 최대한 이용하고 있는지, 말하자면 이미 취득했지만 만족스럽지 않은 자산을 매도할 것인지 등에 대한 고민들로 속을 썩지 않았다, 그렇다, 어떤 변화에 따르는 피치 못할 강박들은 내게 영향을 미칠 수 없었다, 나를 끊임없이 선택의 가능성 앞에 세우고, 나를 쉼 없이 혼란스럽게 만들며 기만하려는, 여기 이곳의 나를 저기 다른 곳의 나로 바꿀 수 있다고 나를 괴롭히는, 나의 조립식 아파트를 더 만족스러운 것으로 바꿀 수 있다고, 물론 그에 요구되는 분주함, 추가 비용 지불, 필수 불가결한 관공서 업무 처리 등, 다 예측할 수조차 없는 복잡한 일들을 대가로 치러야 하지만, 보다 만족스러운 것을 얻게 되리라고 들쑤시는 저 간지러운 충동은 나에게 아무런 영향을 미치지 않았던 것이다, 나는 무엇이 대체 나를 더 만족스럽게 해 줄 것인지 알지도 못했다, 내가 무엇을 바라는지도 충분히 알지 못했던 것이다, 그리고 또한 집 안 설비들의 해결 불가능해 보이는 문제들을 입 밖에 낸 적도 없었다, 그 결과 조립식 아파트의 내 집은 그토록 오랜 시간이 흐른 뒤에도 여전히 만족스럽지 않은 상태로 남아 있다, 나는 일테면 나의 집 같은 한 채의 아파트가 어떻게 꾸며져야 하는지 전혀 알지 못한다, 나를 위해 꾸밀 수 있는 집에 대해 생각해 본 적이 없고, 내가 어떤 집을 기꺼이 가지고 싶어 했는지, 그리고 어떤 물건들로 그 집을 꾸며 보고 싶은지, 아무런 생각이 없다. 내가 살았던 셋집에 비치된 물건들은 모두 집주인의 것이었다, 그 물건들은 이미 배치가 끝난 채로 내가 그들 사이에 자리 잡기만을 기다리고 있었다, 그리고 그들 사이에서 보낸 길고 긴 시간이 흐르는 동안, 그 물건들 가운데 단 하나라도 자리를 옮겨 보아야겠다는 생각은 단 한 번도 하지 않았던 것 같다, 다른 물건으로 바꾼다거나 새 물건을 더 들여온다거나 하는 생각도 마찬가지다, 그러니까 말하자면, 단지 내가 어떤 물건들을 보고, 가지고 싶어 해서 그것을 손에 넣었다고 해서 그것을 집 안에 들여놓을 생각은 한 번도 하지 않았다(책들은, 나의 책들만은 예외였다, 책들을 나는 우선 벽장에 꽂았다, 그리고 벽장이 가득 채워진 뒤에는 책상 위에 쌓았고, 책상 위에도 더 이상 놓을 자리가 없어진 뒤에는 그냥 바닥에 놓았다, 집주인이 나지막한 책꽂이 하나를 집 안에 더 들여놓아 줄 때까지 말이다); 그렇다, 나는 물건들을 열망한 적도 없고, 돈을 주고 사들인 적도 없었다, 그렇다, 나는 그들을 제대로 들여다본 적조차 없었던 것 같다, 숱한 물건들로 가득한 쇼윈도만큼 나에게 절망감을 주는 것도 없었다, 그들은 말 그대로 나를 침울하게 만들고, 숨 막히게 하고, 마음을 어지럽힌다, 그래서 나는 아마도, 이미 말했듯이, 그들을 진지하게 받아들이지 않는 것 같다, 그것은 내게 이런 유의 욕구가 없다는 것을 분명하게 증명해 보이는 것으로, 이런 영역 — 물건들의 영역 — 에서는, 흔히 말하듯, 나는 필수품이면 충분한 것이다, 그리고 나는 아마도 진심으로 감사할 것이다, 그와 같이 사물들의 이미 정돈된 질서 안으로 내가 들어서게 된다면 말이다, 그 안의 질서를 받아들이고, 꿰뚫어 보고, 나 스스로를 그것에 적응시키는 것 외에 그 어떤 일도 더 해야 할 필요가 없는 곳으로 들어서게 된다면. 나는 호텔에서 살아가는 것에 딱 맞게 태어났다고 생각한다, 그러나 시대가 바뀌었기 때문에, 호텔에서 살아가는 대신 강제 수용소와 가구가 모두 갖춰진 셋집에서 살았다, 라고 내가 당시 나의 노트에 메모를 해 두었는데, 그로부터 수십 년이 지난 지금, 여기 이 다른 노트로 그것을 옮겨 적으며, 그런 생각을 내가 그 당시 이미 써 두었다는 것에 적잖이 놀랐다, 그것은 곧 내가 그 당시에도 나의 처지에 대해 완전히 눈감고 지내지는 않았다는 것을 분명히 보여 준다, 이 버틸 수 없는 상황의 버티기 힘겨움과 버티기 힘겨운 인생에 대해서 말이다. 당시에 나는, 기억을 되짚어 보면, 종종 어떤 감정에 사로잡혀 시달렸는데, 그것은 일종의 질병으로 간주될 만한 것이었고, 나는 그것을 내 임의대로 "소외감"이라고 명명했다. 나는 이 감정을 저 아득한 어린 시절부터 이미 매우 정확하게 알고 있었다, 근본적으로 그것은 나의 일생의 동반자였다, 하지만 당시에는 그러한 감정이 매우 위협적인 방식으로 나를 따라다녔다, 낮에는 일이 손에 잡히지 않을 만큼 나를 붙들고, 밤에는 잠을 잘 수 없을 만큼 나를 붙들었다, 나는 돌연 날카로운 비명을 지를 만큼 팽팽하게 긴장하는 동시에 무기력하게 무너져 내릴 만큼 소진되어 있기도 했다. 이것은 근거를 밝힐 수 있는 일종의 신경 질환이며, 상상의 산물 같은 것이 아니다, 적어도 나는, 그것의 원인이 우리의 현실에, 우리들 인간이 처한 상황이라는 현실에 바탕을 두고 있다고 생각한다. 대부분 그것은 빈번히 찾아오지만, 그럴 때마다 당황스러운, 당시에, 그러니까 특히 당시에는 더더욱, 참을 수 없는 만큼 격한 감정과 함께 시작되는데, 나의 삶이 단지 날숨 한 번이면 날아가 버릴 가느다란 한 가닥 실에 매달려 있는 듯한 기분이다, 그것은 내가 살게 될 것인가 죽게 될 것인가의 문제가 아니다, 여기서는 죽음이 전혀 문제가 되지 않는다, 오직 생존에 대하여 이야기하려는 것이다, 삶이라는 것이 나의 내면에서 돌연 가장 완벽하게 불확실한 이미지와 형태를, 더 정확히 말하면 오히려 무형의 형태를 취한다는 것, 나는 삶이라는 현실에 맞닥뜨려 절대적으로 그 무엇도 확신하지 못한다는 것, 그렇다, 나의 감각에 현실로 보였던 것들을 마주하면 철저한 불신이 나를 사로잡는다, 근본적으로는 그러나 미심쩍은 경험들, 나의 실제적인 현존과 나를 둘러싼 것들을 마주할 때면 말이다, 내가 이미 말했듯이, 그러한 체험들, 차라리 발작이라 불러야 할 것 같은, 그런 발작성 체험들이 일어나는 동안 삶, 나의 삶과 나를 둘러싼 것들의 삶과 오로지 날숨 한 번이면 날아가 버릴 듯 가느다란 실오라기 하나로 연결되어 있는 것 같은 현존에 맞닥뜨릴 때면 철저한 불신이 나를 사로잡는 것이다, 그리고 이 실오라기만이 유일한 나의 이성이며 다른 그 무엇도 아니다, 나의 이성은 그러나 허점이 쉽게 드러날 뿐만 아니라, 완곡하게 말하면, 전적으로 완벽하지 못한 도구 혹은 감각 기관이다, 혹은 내가 그것을 무엇이라 부르든, 그것은 대개 느릿느릿 돌아가며, 멈추기도 하고, 마치 안개가 꽉 끼어버린 듯하다가 가끔은 거의 아무 작동도 하지 않는다. 그것은 내가 행동하는 대로 따르는데, 마치 병상에 누워 있는 감기 환자가 그의 주변에서 부산스럽게 움직이고 있는 어떤 다른 사람의 행위를 따라 하려는 것과 같다, 그것은 거의 모든 것이 다 끝난 후에야 기록을 남기는데, 때로는 낯선 자의 작업을 몇 마디 무감각한 말로 조종하려 들기도 한다, 그러나 이 낯선 자가 그것의 말을 따르지 않거나 듣지도 않을 때면, 그것은 이내 무기력하게 포기한 채 더 번거로운 일들로부터는 거리를 둔다. "소외감", 이것은 완전히 낯선 곳에 내동댕이쳐진 일종의 상태인데, 어쨌거나 환상적이거나 놀랍거나 현실을 벗어난 상상력 등과는 조금도 관련이 없으며, 그보다는 그저 판에 박힌 일상의 권태로 인한 괴로움과 같다, 태어난 곳으로 영원히 돌아가지 못하는 상태, 떠나온 곳 혹은 나를 기다리고 있을 고향 따위는 알지도 못하고 말하지도 못하면서, 예컨대 그것이, 그러니까 그러한 상태에 처할 때면 나 스스로에게 종종 던졌던 질문은, 예컨대 그것이 어쩌면 죽음이 아닐까 하는 것이었다. 그렇다면 나는 죽음 이후의 삶을 믿어야 할 거라고, 나는 나에게 그만큼 자주 대답하곤 했다. 내가 단 한 번도 이 세상을 믿지 않았다는 것, 그와 같은 질문들이 불가피하게 들이닥치는 상황에서라면 더더구나 세상을 믿을 수 없었다는 것, 다른 세상, 죽음 이후의 실존 역시도, 이 세상에서의 실존과 마찬가지로, 가능하다고 여긴 적은 없었다는 생각이 대못처럼 불거져 있었음에도 불구하고, 말하자면, 나는 그것을 납득할 수 없다고 여긴 적은 결코 없다, 물론 하나의 다른 세상, 그러니까 죽음 이후의 삶이 존재한다는 것이 납득할 만하다고도 여기지는 않았지만 말이다, 만약 그런 것이 존재한다 하더라도, 그것은 분명 나를 위한 것은 아닐 것이다, 왜냐하면 나는 여기 있기 때문이다. 그것은 또한 여기에도 없다는 것을 뜻한다; 나는 그렇게 이곳과 저곳 사이에서 어중간하게 살고 있다, 그리고 그것이 무엇이라 이름 붙일 수 없는 죄의식으로 나를 메운다. 그리하여 내가 언제나 거듭 시도했던 것은 — 지금도 시도하고 있는 것은 — , 내가 이렇게 표현해도 된다면, 냉담해지는 것이다, 하지만 별 소용은 없다, 결국 내가 나의 삶과 관계를 맺는 방식은, 마치 체스를 두거나 종이 위에 셈을 하는 것처럼, 오로지 어떤 논리적인 게임의 형식으로만 가능한 것처럼 보인다, 그리고 그 추상적 결과로부터 도무지 해명할 길 없는 방식으로 갑작스럽게 어떤 현실이 생긴다: 그렇다, 그것은 당시 내가 즐겨 예로 들었던 이야기 중의 하나였다, 나는 그것을 한 권의 노트에 적어 두기도 했었는데, 그 노트로부터 이제 여기로 그것을 옮겨 적고 있다, 그러니까 나는 내가 기록했던 대로 옮기고 있다, 마치 한 사람이 전선 두 가닥을 모아 잡고는 팽팽하게 꼰 뒤, 한쪽 끝을 벽에 뚫린 구멍에 넣고 스위치를 켜면 전등의 불이 들어오는 것처럼; 순전히 의식적인 확률론이 작동되었다고, 나는 썼다, 결과는 예상했던 그대로였다고, 그럼에도 불구하고 매우 놀라웠으며 어떤 의미에서는 불가해한 것이었다고, 나는 썼다. 모든 것이, 모든 것이 그저 가설, 추론, 그리고 그럴듯한 추측일 뿐, 그 어디에도 확신은, 그 어디에도 궁극적인 확증은 없었다고, 나는 썼다. 나라는 존재를 이루는 것은 무엇인가, 나는 왜 존재하는가, 나의 본질은 무엇인가: 이 물음들에 대해 나는 답을 구했지만, 더 잘 알다시피 아무런 답도 구하지 못했을 뿐만 아니라 신뢰할 수 있는 최소한의 근거들도 찾지 못했다고, 나는 썼다; 그리고 나를 담고 있는, 마지막에는 결국 나를 죽이게 될 나의 몸뚱어리 또한 나에게는 낯설다고, 나는 썼다. "만약 내 인생에서 한 번, 단 한 번만이라도 그런 순간이 주어진다면, 한 번이라도 내 신장과 간의 해독 작용이, 내 위장과 내장 기관의 연동이, 내 폐의 날숨과 들숨이, 내 심장의 수축과 이완이, 아울러 나의 뇌가 외부 세계와 영위하는 대사가, 내 마음속 관념적인 사고들의 형성이, 이 모든 것과 스스로에 대해 명료하게 인식하고 있는 의식에 대한 의식이, 그리고 내 영혼의 자유롭지는 못하지만, 그럼에도 불구하고 자비로운 현존이 모두 하나의 화음으로 조화를 이루게 된다면: 내가 오직 단 한 순간만이라도 나 스스로를 그렇게 보고, 만지고, 소유하게 된다면, 물론 이것이 소유자나 소유에 대해 이야기할 문제는 아니지만, 다만 그렇게 된다면 나의 정체성이 실현될 것이다, 결코 실현되지 못할 나의 정체성이; 그러니까 만약 그처럼 온전히 채워질 수 없을 것 같은 순간이 단 한 번이라도 채워질 수 있다면, 그것은 나의 "소외감"을 어쩌면 사라지게 할지도 모른다, 그리고 나에게 아는 법을 가르칠 것이다, 그러고 나면 나는 존재한다는 것이 무엇인지 알게 될 것이다. 그럼에도 그것은 불가능하기 때문에, 무엇이 우리 현존의 기원을 초래하는지 우리는 명백히 모르고 있지 않은가, 그리고 이후로도 그것을 결코 알지 못할 것이므로, 우리는 우리 현존의 목적을 알지 못하는 것이다, 그리고 우리는, 우리가 이곳에 이미 존재하고 있음에도 불구하고, 무엇 때문에 다시금 이곳으로부터 사라져야 하는지를 알지 못한다고, 나는 썼다. 나는 알지 못한다고, 나는 썼다, 왜 내가 어딘가 다른 곳에 존재하고 있을 삶 대신에, 나에게 우연히 할당된 이 망가진 파편들을 살아 내야만 하는 것인지를: 이 성별을, 이 육체를, 이 의식을, 이 지리적인 현장을, 이 운명을, 언어를, 역사를, 셋방살이를, 왜 내가 살아야만 하는 건지, 나는 모른다고 썼다. 지금, 당시 내가 써 두었던 것을 다시 필사하고 있는 지금, 나의 내면에서 오래전 사라졌던 어떤 밤이 갑자기 생생하게 되살아나고 있다, 하나의 꿈, 정확히 말하면, 하나의 자각 상태, 어쩌면 하나의 백일몽 또는 꿈과 비슷한 자각이 되살아난다, 모르겠다, 하지만 나는 희한하게도 매우 선명하게, 마치 바로 어제 벌어진 일인 것처럼, 그것을 기억하고 있다. 이례적으로 격렬한, 그때까지 전혀 느껴 본 적이 없던 "소외감"이 일으킨 두려움이 나를 깨워 두었는지 혹은 잠 속으로 가라앉혔는지, 그것은 알 수 없다, 게다가 아무 상관도 없다. 그 밤도, 지금 이 밤이 이토록 환하게 의식을 밝히는 것처럼, 머릿속이 밝아지는 밤이었다, 검은색 벨벳처럼 반짝이는, 아무 미동도 없는, 침묵의, 하지만 쉽게 동요하지 않는 의식에 사로잡힌, 선명한 밤이었다, 그리고 불현듯 나는 깨달았던 것이다: 이 살을 에는 듯한, 고통스러운 의식이 그저 순식간에 꺼지고, 이 세상에서 사라진다는 것은 사실 절대로 불가능하다는 것을. 그렇다, 이 의식이 결코 나의 의식이 아니며, 나에 대한 어떤 의식, 내가 그것에 대해 알고는 있더라도, 그러나 마음대로 할 수는 없는 의식이든 아니든, 궁극적으로는 나의 것이 아니며, 내가 그것으로부터 어쨌거나 자유로워질 수 없는, 나를, 나 개인을, 아무 소용도 없이 죽음에 이를 만큼 괴롭히고 있는, 언제나 존재하며 현존하는 의식이든 아니든. 다른 한편으로 나는 이 고통스러운 의식이 사실 그토록 불행한 의식이 아니라는 것을 아주 분명하게 느꼈다, 그리고 만일 내가, 그저 이 의식의 객체로서, 이 순간, 불행하다면, 그것은 오히려 나 자신의 무기력함에 대한 의식이 이 의식에 반하고 있는 것이다, 이 냉혹하고, 영원불멸한, 가혹한 고통을 일으키며 그 무엇보다, 라고 나는 말한다, 조금도 불행하지 않은 의식에 반하고 있는 것이다. 완전히 깨어 있었는지, 또는 완전히 꿈에 빠져 있었는지, 그러니까, 그것은 중요하지 않다, 라고 나는 말한다, 나중에는 어떤 미스터리로 귀결시키지 않는 것 자체가 불가능해졌다, 최소한 그것에 대한 관찰들을 늘어놓지 않는 것이 오히려 불가능해졌다, 이 의식이, 나를 그 안에 품고 있는 무엇인가의 일부분이라는, 그것이 나의 몸뚱어리에 속하는 것은 아니지만, 그렇다고 온전히 나의 정신이라고도 할 수는 없는 것이다, 비록 나의 정신이 나에게 전달하기를, 그것이 궁극적으로 나에게 속한 것은 아니며 사실상 이 의식이 어쩌면 내 존재의 가장 중요한 핵심이고, 그러니까 어떤 전체, 즉 나라는 존재를 만들어 내고 진화시킨 것이라고 하더라도 말이다. 그리하여 이 의식에는 하나의 과제가 따른다는 것, 그것에 대해 생각하지 않는 것은 불가능했다, 그리고 비록 내가 이 과제를 단지 가설로 바라보더라도, 그것의 계명은 어길 수 없는 것이었다, 더 정확하게 말하자면, 물론 어길 수도 있는 것이지만, 그것은 계명을 깼다는 기분, 말하자면 큰 잘못을 저지르고 말았다는 감정을 반드시 동반했다; 그와 동시에, 나로 말하면, 이것이 참 기이하기 이를 데 없다고 생각했는데, 이 계명이라는 것은 그럼에도 불구하고, 뭐라고 말해야 할까, 오로지 도덕적이기만 한 계명은 아니라고 여겼다, 그렇다, 그 안에는 어느 정도 숙련된 역량으로 다듬어진 특징들이 있었다, 일련의 요청들, 그렇다, 심지어 어떤 요구들, 말하자면, 이 세상은 "재건되어야 한다", "본받도록 해야 한다", "학습되어야 한다"라는 요구들, 그리고 이제 때가 되었다면, 우리는 그것을 입증해야만 할 것이다, 이유가 무엇이든, 누구에게든, 우리로 인해 그리고 (어쩌면) 우리를 위해서 속죄하게 될 그 누군가에게, 그러니까 세상을 이해하는 것이야말로 인간에게 주어진 종교적 의무라는 것을 입증해야 할 것이다, 기형이 되어 가고 있는 교회의 기형이 되어 가고 있는 종교와는 전적으로 무관하게 말이다, 그렇다, 궁극적으로 나는 여기, 바로 이 지점에서, 세상과 나의 처지를 이해하는 것 속에서 — 어떻게 말해야 할까, 내가 말해야 하는 것을 말하지 않아도 되려면 말이다 — 나는 나의 구원을 찾을 수 있을 것이다, 진정 내가 무엇인가를 구하고 있다면, 대체 나의 구원이 아닌 다른 무엇을 구해야 한단 말인가. 다른 한편으로 이 모든 것은, 인간이 오로지 자신의 처지에 근거하여, 그와 같은 생각을 할 수밖에 없는 처지에 떠밀려, 이러한 생각들을 하게 될 때, 인간이라면 누구나 할 수밖에 없는, 단지 그런 생각들일 뿐이라고 생각했다; 그리고 인간의 처지라는 것은, 적어도 어떤 면에서는, 이미 규정되어 있거나 결정되어 있기 때문에, 인간은 단지 전적으로 이미 규정되어 있는 생각들, 또는 적어도 이미 규정된 특정한 대상들, 주제들과 문제들에 대해서만 생각할 수 있는 셈이다. 그러므로 난 내가 꼭 해야 할 필요가 없는 생각을 하고 있는 것이란, 생각을 했다. 이제 더는 그 당시 내가 이와 같은 생각을 실제로 했었는지조차도 기억이 나지 않지만, 당연히 내가 **되어야** 할 이유가 가장 적었던, 내게 주어진 상황들을 거슬러야만 될 수 있었던, 작가와 번역가가 되었다는 것만은 논외로 하더라도, 여하튼 나는 무엇을 할 필요가 없었는가에 대해서 생각했었다는 말이다. 말하자면 난 내가 처한 환경을 기만하며 끊임없이 주어진 상황들의 미로 속에 나를 감추고, 날뛰는 발굽으로, 그러니까 성급하게, 나를 종종 짓밟아 바닥에 쓰러뜨렸던 고집불통의 괴물로부터 도망침으로써, 어떤 형식의 생각도 용납하지 않는 — 그것이 설령 노예의 생각이든 아니든 — 이 끔찍하고 파괴적인 상황들을 거슬러, 그 어떤 생각에서, 어쨌거나 노예의 노동만을 칭송하고 찬양하고 기리는 상황들을 거슬러 작가와 번역가가 되었던 것이다, 그리고 그러한 상황 가운데서 나는 말하자면 단지 몸을 숨긴 채로만 살아갈 수 있었다, 그러니까 그저 거기 남아 존재할 수 있었다, 큰 소리로 나 자신을 부인하면서, 그리고 두려움에 가득 차 말을 잃어버린 채 칠흑의 밤과 아무 소용 없는 희망들을 묵묵히 마음속에 담아 두고, 그렇게 말이다, 그 희망들은 그 후로 길고 긴 시간이 흐른 뒤에 비로소 입 밖으로 튀어나오게 되었는데, 그것은 내가 이 여인의 두 눈, 마치 내 안에서 하나의 우물을 뚫기라도 하려는 듯 나에게 붙박여 나를 빨아들이는 여인의 두 눈동자를 의식하게 되었던 바로 그날 저녁, 내가 "그 선생님"에 대한 이야기를 꺼냈던 그 순간이었다: 어떤 이물질로도, 그것이 우리의 육체든, 우리의 영혼이든, 혹은 우리 안에 살고 있는 거친 야수이든, 아무것으로도 오염되지 않은 하나의 순수한 개념이 존재한다는 생각, 우리 모두의 정신 속에 표상으로 살아 있는 하나의 생각, 그렇다, 내가 이미 오래전부터 더 이상 입 밖에 내지는 않지만, 아무도 모르게 늘 생각해 온 하나의 이념, 어쩌면 집요하게 살금살금 다시 다가갈 수 있는 이념, 어쩌면 내가 글로 다듬을 수도 있을 것 같은 이념, 꼭 품고 있을 필요가 없는 것을 품고 있다는 생각처럼, 말하자면 나를 떠나 존재하는 생각, 그것이 나라는 존재에 반하더라도 소유하려는 생각이, 그것이 나를 무화시킬 때, 그렇다 어쩌면 바로 그때 비로소 정당해진다는 생각, 왜냐하면 그곳에서 나는 그것이 어쩌면 그 생각의 척도를 인지할 것이기 때문에……, 그렇다, 그렇게 나는 살고 있었다. 그리고 이제, 이 모든 것을 이야기하고 있는 지금, 내가 무엇을 이해하고 인식해야만 하는가를 또한 어렴풋하게 이해하고 인식하고 있다. 그리고 그 순간이 이제 막 교제 혹은 연애를 시작하는 관계에서 경험하는 다른 비슷한, 혹은 조금도 비슷하지 않은 순간들과 구별되었는지에 대한 물음에 나는 답해야 할 것이다: 물론이다, 그것은 그와 같은 순간들과는 근본적으로 달랐다. 그렇게 나 스스로도, 최소한 어떤 의미에서는, 근본적으로 나 자신과 달랐다. 요컨대 셋방의 존재로 살았던 나의 당시 삶을 한데 모아 보자면; 그 당시 내가 생각했던 것, 마음이 쏠렸던 곳, 마음을 움직였던 것, 셋방살이를 하는 자로서 살아남았던 나의 상황 전체를 한데 모아 보자면, 그 모든 징후들로 보건대, 이미 그 당시부터 모든 것이, 어떤 **상황 변화**에도 나를 대비시킬 모든 것이 나의 내면에 있었음을 나는 인정하지 않을 수 없다. 나의 삶은 잘못되었고, 그러니까 허약하고 견딜 수 없는 것이라는 생각을, 그런 생각을 내가 그 당시에 하기 시작했던 것을, 나는 틀림없이 기억하고 있다. 내가 나의 삶을 출생이라는 임의적 우연에서 시작되는 임의적 우연들의 나열로 더 이상 바라보아서는 안 된다고, 왜냐하면 이것은 모욕적이고, 그릇된, 말하자면 허약하고 견딜 수 없는 생각일 뿐만 아니라, 무엇보다 또한 **쓸모없는** 생각이기 때문에, 최소한 나에게는 삶을 이렇게 바라보는 것은 견딜 수 없는, 부끄럽게도 쓸모없는 일이라고 생각했으며, 그 대신 나는 삶을 오히려 인식의 이어짐으로 보아야 하고, 보려 한다는 것, 그 안에서 나의 자존감이, 최소한 나의 자존감은 충족된다는 생각을 했던 것이다. 그러므로 내가 한 여자, 말하자면 이후 나의 아내가 되었다가 나중에는 더 이상 나의 아내가 아니었던 한 여자와 곧장 잠자리에 들기로 마음먹었던 순간, 그 순간조차도 그저 우연한 순간일 수는 없었다. 왜냐하면 내가 여기에 옮겨 적었던 모든 것, 말했듯이, 나의 내면에 이미 존재했던 것, 그리고 **상황 변화**에 대비하여 나를 성숙시켰던 그 모든 것이, 이 순간 안으로 동시에 응축되었다는 것, 그것은 매우 명백하기 때문이다, 비록 나 스스로는 그때 그것을, 사물들의 본성에 맞게, 아직 의식할 수는 없었지만, 그렇다, 나 자신이 그것을 지금도 비록 기억할 수는 없지만, 휙 스쳐 가는 밤의 불빛 속에서 나를 향해 치켜들었던 얼굴, 마치 1930년대의 어느 영화 속에서 클로즈업한 한 장면처럼 부드럽게, 그리고 희미하게 반짝이던 얼굴만은 기억하고 있다. 누가 생각이나 할 수 있었겠는가, 대체 왜, 어느 곳으로 나를 이 밝게 빛나는 얼굴이 유혹하게 될 것인지를. 그리고 덧붙이자면, 시간이 흐르며 서서히 드러났듯, 그녀의, 그러니까 나의 미래의(혹은 이제는 이미 이혼한) 아내의 내면에도 **상황 변화**에 대비하여 그녀를 성숙시킬 모든 것이 이미 존재하고 있었다는 것, 그것을 덧붙이자면, 우리 둘의 만남은 단지 우연한 만남이 아니었을 뿐만 아니라, 어떤 운명적인 만남이었다고 확고하게 말할 수 있을 것이다. 그렇다, 얼마 시간이 흐르지 않아 우리는 벌써 우리가 함께할 삶에 대해 이야기하고 있었다: 사실 우리는 운명을 갈구했던 것이다, 우리는 각자 자기 자신의 운명을 원했다, 어디서나 단 하나뿐인, 그 어떤 다른 운명과도 비교할 수 없는, 그리고 그 어떤 다른 운명과도 혼동할 수 없는 운명. 그래서 우리가 무엇에 관해 이야기를 나누건 간에, 그 모든 것은 그저 논점을 벗어난, 구실이자 핑계일 뿐이었다, 물론 그것이 최소한 의식적이고 의도적인 구실이나 핑계, 말하자면 거짓말은 아니었던 것에는 의심의 여지가 없지만 말이다. 내가 지금은 그 모든 다른 것들보다 더 잘 알고 있는 것이지만, 내가 행하고 나에게 행해진 그 모든 것, 나의 상황과 시기별 상황의 변화들이, 그러니까 나의 삶 전체가 ─ 오, 맙소사! ─, 그 모든 것이 나에게는 일련의 인식의 연속 속에서 그저 인식의 수단으로 사용된다는 것을, 예를 들어 나의 결혼은, 내가 누군가와 결혼한 상태로는 살아갈 수 없음을 인식하는 수단으로 사용된다는 것을, 대체 내가 어떻게 알 수 있었겠는가. 게다가 나의 인식들의 연속 가운데 이러한 인식은 너무나 결정적이었다, 물론 나의 결혼을 돌아볼 때도 그것은 너무나 숙명적이었다, 비록 내가, 다른 한편으로는, 냉정하게 생각해 볼 때, 그 결혼 생활 없이는 이러한 인식에 결코 도달할 수 없었을 테지만, 혹은 기껏해야 추상적 추론들을 통해서나 이러한 인식에 도달했을 테지만 말이다. 따라서 모든 비난과 자책은 불가피해 보이지만, 내가 납득할 수 있는 유일한 변명은 나를 향한 비난과 동일한 것이다: 나는 나의 결혼을, 내가 이제는 잘 알고 있듯이, 의심의 여지 없이 의도적으로 나 스스로를 제거하기 위해 저질렀다는 것, 내가 결혼을 저지를 당시에는 ─ 최소한 나는 그렇다고 믿고 있었는데 ─, 그와는 정반대로 앞날과 행복의 징표로 결혼을 바라보았다는 것, 저 행복에 관하여 나의 아내와 나는 시시때때로, 매우 조심스럽게, 그러나 능숙하고 또 단호하게 이야기를 나누곤 했었다, 마치 우리에게 엄중하게 부과된, 비밀스럽고도 힘겨운 의무에 관하여 이야기하듯이. 그렇다, 그랬었다, 그리고 나는 그 모든 울림들과 사건들과 감정들로 이루어진 우리의 삶 전체를 이제 하나의 모호하고 혼란스러운 상태로 보고 있다, 혹

태어나지 않은 아이를 위한 기도

은, 이 또한 기이하게 보일지도 모르지만, 오히려 삶을 마치 하나의 음악적 직물처럼 듣고 있다, 그 속에서는 가장 중심에 있는 주제, 위대한 주제, 모든 것을 일소하는 주제, 그 유일한 주제가 멈춤 없이 무르익어 단단해지다가, 갑자기 모든 속박에서 풀려나며 다른 모든 것들의 소리를 덮어 버리고 무제한의 권한을 차지한다: 나의 존재가 너의 존재의 가능성으로 간주될 때, 그리고 나아가서: 너의 비−존재가 나라는 존재의 필연적이고 근본적인 제거로서 간주될 때. 내가 나의 아내 — 당시에는 아직 나의 아내는 아니었고, 지금은 더 이상 나의 아내가 아닌 — 에게 "선생님"에 관하여 이야기했던 그날 저녁, "선생님"의 경우에서 곧장 어떤 교훈들을, 더 정확하게 말하자면, 그의 행위로부터 어떤 교훈들을 끌어냈던 것, 내가 그녀에게 그러한 상황들, 그러니까 전체주의가 지배하는 상황들 속에서 가능했던 행동의 기회들 혹은 기획의 박탈들을 해명하고 설명했던 것, 그것은 단지 하나의 구실에 지나지 않았다. 왜냐하면, 나는 말했다, 전체주의는 부조리한 상황이기 때문이라고, 그리고 그 결과로 그 안에서 벌어지는 모든 상황들 또한 마찬가지로 그저 부조리한 것이기 때문이라고, 비록 우리가 — 내가 말하기를, 어쩌면 이것이 그 가운데 가장 부조리한 일일 텐데 — 우리 삶의 본질로, 다만 우리 삶을 지탱하는 것으로, 물론 우리가 삶을 지탱하고자 하는 한에서지만, 전체주의를 지탱하는 데 기여하고 있음에도 불구하고; 그리고 이것은 단지 조직화 그 자체에서 흡사 저절로 생겨나는, 원초적이라고 할 속임수라고.

전체주의의 가설들은 말하자면 당연히 아무런 근거도 없다, 고 나는 말했다. 선별, 축출, 그뿐만 아니라 여기에 기반해서 언급되는 개념들 모두 존재하지도 않고 아무 의미도 없는 개념들이라고, 나는 말했다, 그리고 그러한 개념들에는 그것이 지칭하는 있는 그대로의 자연적 상태 이외의 다른 어떤 현실도 없다 — 예컨대 그저, 인간이 독가스실에 밀어 넣어지는 상태 같은 것만이 현실일 뿐이다, 라고 내가 말했다. 이것은 내가 짐작해도 그다지 흥미로운 이야기는 아니었을 것이다, 그리고 지금 나는 내가 했던 말들을 가지고, 그 말들을 넘어서는 어떤 것을 내가 의도했던가, 생각해 보는데, 기억하는 한 나에게 그런 의도는 없었다; 내가 기억하는 것은 나의 조급함이 여전히 나에게 이야기를 끌어내고 있었던 것, 발언에 대한 나의 강박이 바로 그 자리에 모여 있던 사람들 앞에서 불과 몇 시간 전에 떠들게 만들었던 것, 그리고 바로 그것, 우스꽝스럽고 이상하게 들릴지도 모르지만, 나의 옆에서 걷고 있던, 또각또각 소리가 나는 굽이 높은 구두를 신고 내 옆에서 걷고 있던 여자, 옆에서 걷고 있는 데다 한밤중의 희미한 불빛 아래 있었으므로 단지 어렴풋이 볼 수밖에 없었던, 쳐다보려 시도할 필요조차 없었던 — 왜냐하면 바로 나의 눈앞에 그녀의 형상이 있었는데, 그녀는, 불과 한 시간 전, 마치 바다 위를 걷듯, 녹청색 카펫을 가로질러 걸어와 있었기 때문이다 — 여자, 내 옆에 있던 바로 그 여자가, 내가 하고 있던 이야기에 흥미를 느끼고 있었다는 것, 내가 기억하는 것은 그런 일들이다. 가해자와 희생자는, 내가 말했다, 전체주의 안에서 언제나 한 가지를 입증하는 것에 그들의 헌신을 다하는데, 그 한 가지는 바로 허무(虛無)라고, 비록 이 헌신이라는 것이 물론 모두 같은 차원의 헌신은 아니지만 말이다. 그리고 "선생님"의 행위는 전체주의 안에서 이행된, 전체주의에 의해서 강요된, 궁극적으로는 그러니까 전체주의가 낳은 하나의 행위, 즉 자가당착에 의한 행위임에도 불구하고, 그럼에도 불구하고 그 행위 자체는 완전한 자가당착을 넘어 성취한 완전한 승리의 행위였다고, 왜냐하면 바로 여기, 그리고 오로지 여기, 완전한 근절과 절멸의 세계 속에서만 "선생님" 안에 살아 있는, — 우리가 이렇게 표현하기를 원한다면: 항구 불변의 — 이데아가 계시처럼 드러날 수 있기 때문이라고 말했다. 그 말이 끝나자 그녀가 나에게 물었다, 내가 감내해야 했던 바로 그 일 말고도, 유대인이라는 이유만으로 겪어야 했거나 지금도 겪고 있는 고통이 있는지 물었다. 그것에 대해서는 생각을 좀 해 보아야 할 것 같다고, 나는 대답했다. 사실, 아주 오래전부터, 생각이라는 것이 처음 깨어나던 그때부터, 나의 이름에 어떤 불가해한 수치심이 들러붙어 있다는 것, 이 수치심을 나는 존재한 적도 없는 곳으로부터 가져왔다는 것, 그리고 내가 그것을 어떤 죗값으로 치러 왔으며, 결코 저지른 적이 없음에도 불구하고 그것은 나의 죄라는 것, 그리고 그것이 나를 일생 — 내가 그것을 살고 있고, 그로 인해 고통받고 있으며 결국 그로 인해 나락으로 떨어질 사람임에도 불구하고, 의심의 여지 없이 나의 삶이 아닌 일생 — 뒤쫓을 것이라는 사실을 내가 어렴풋이 감지하고 있었음을 알고 있다고 말했다. 그러나 그 모든 것이, 반드시 내가 유대인이기 때문에 겪는 고통은 아니라고 생각한다는 것, 그것은 단순히 나로부터, 나라는 존재의 본질로부터, 나의 페르소나, 나의 초월적 자아로부터, 이렇게 이야기해도 좋다면, 사람들이 나에게 가르쳤고 나에게서 다시 발현되는 일반적인 행동 양식과 대처 방식으로부터, 노골적으로 분명하게 말하자면, 사회적인 상황들과 그 사회적 상황들과 관련한 나의 개인적 처지들로부터 연유한 고통일 수도 있다고, 나는 말했다. 왜냐하면 판결은 단번에 내려지는 것이 아니고, 절차가 서서히 판결로 바뀌어 가는 것이기 때문이라고, 쓰여 있는 그대로 나는 말했다, 이 말은 그녀가 읽었다고 했던, 그래서 그녀가 무조건 나와 함께 그것에 대한 이야기를 나누어야 한다던, 나의 소설에도 나오는 것이었다. 그러므로 이 작업에 대하여 이야기해야 할 것 같다, 이것이 대체 어떤 이야기였는지 대략 윤곽이라도 설명해야겠다. 이것은 비교적 조금 더 긴 단편 소설들 가운데 한 편으로, 소위 '중편 소설'이라고 불리기도 했었는데, 그 무렵 한 권의 두툼한 중단편 소설집에 실려 출간되었다, 낯부끄러운, 그 어떤 필설로도 다 표현할 수 없는 극성스러움이 책의 표지에 드러나지 않았다고 말할 수는 없었다, — 그에 대한 세세한 묘사는 생략할 것인데, 그것이 나에게 따분함뿐만 아니라 혐오감을 불러일으키기 때문이다 — 더군다나 이와 같은 소설집이 소박하나마 어떤 기여를, 이렇게 말해도 된다면, 있으나 마나 한 기여를 헝가리 문학계에 남겼다고도 말할 수 없을 것이다, 이 낯부끄러운, 그 어떤 필설로도 다 표현할 수 없는 문학계, 차별, 특권, 편애와 혐오, 그리고 행정적 절차든 사무적 절차든 블랙 리스트에 의해 긴밀하게 작동되는 시스템에 기반한, 그 우수함에 대해서는 끊임없이 의혹이 제기되었던, 어설픈 딜레탕티슴이나 독창성으로 과도하게 칭송하고 있는, 이 무엇보다 측은하고 낯부끄러운 문학계 말이다, 그곳에 대해 나는 때로는 당황하고 때로는 경악을 금치 못했으며, 때로는 완전히 무심한 채, 어쨌거나 늘 외부에 머무는 관찰자였으며 지금도 그렇다, 내가 여하튼 존재하고 있는 한, 존재해야만 하는 한에 있어서는 그렇다, 아, 내가 대체 문학과 무슨 상관이 있단 말인가, 너의 금빛 머리카락과는 무슨 상관이 있단 말이냐, 마르가레테, 그저 볼펜 한 자루가 나의 삽, 재가 된 너의 머리카락의 묘비일 뿐인데 말이다, 줄라미트[11]; 그렇다, 이 단편 소설, 혹은 나에게는 짧은 장편 소설인 이것은 한 남자의, 아직은 젊은 남자의 독백이다. 매우 엄격한 기독교 신앙, 혹은 편협한 교리 속에서 부모의 교육을 받으며 성장한 이 남자는, 지금 종말에 맞닥뜨려, 자신에게도 봉인 해제된 낙인이 찍혀 있었음을 알게 된다: 그는 예고도 없이 시행된, 소위 말하는 법의 정신으로 유대인으로 분류된다. 이제, 그가 게토로, 가축 수송용 열차로 보내지기 전, 누가 알겠는가 — 아마도 그 자신이 누구보다 알 수 없었을 터인데 — 어디로 끌려가는지, 또 어떤 사형 선고가 내려질지, 그는 여전히 자신의 이야기를 쓰고 있다, 그가 쓰고 있듯이, 말하자면 내가 그로 하여금 쓰게 하고 있듯이, "수십 년간의 비겁함과 자기 부정의

---

11) 파울 첼란의 『죽음의 푸가』 시구에서 따온 구절을 응용한 문장.

이야기"를 쓰고 있다. 무엇보다도 주목해야 하는 것은 이제, 그가 낙인으로 지금 막 새로 태어난 유대인으로서의 자기 실존 안에서 유대인 콤플렉스로부터의 해방, 그 스스로의 해방 자체를 찾았다는 점이다. 그는 요컨대, 인간이 하나의 집단에서 추방된다 하여 자동적으로, 어떤 다른 집단의 구성원이 되지는 않는다는 것을 인식해야 한다. 대체 유대인들이 나와 무슨 상관이란 말인가, 라고 그는 묻는다, 아니 내가 그로 하여금 묻게 한다. 그도 한 사람의 유대인이 된 지금, 그는 깨닫는다, 즉 내가 그에게 깨닫도록 한다: 아무 상관도 없음을. 그가 비유대인의 특권을 누리고 있던 동안에도, 그는 유대인들 틈에서, 유대인으로 존재한다는 것에 따르는 고통을 겪었다, 더 정확하게 말하면, 부패하고 억압적인, 살인적이며 또한 살인을 초래하는, 특권을 가지고 차별을 일삼는 자들의 시스템으로 인해 고통을 겪었다. 그는 그의 몇몇 친구들, 직장 동료들 사이에서, 그가 속한 훨씬 더 큰 집단 때문에 고통을 겪었는데, 그들은 그가 자신의 조국이라 믿었던 집단이었다; 그는 그들의 증오, 편견, 광기로 인해서 고통을 겪었다. 무엇보다도 그에게 끔찍했던 것은 반유대주의를 둘러싼 피할 수 없는 논쟁, 이 모든 논쟁의 고통스러울 정도의 무익함이었다. 반유대주의란, 그가 인식했듯, 그러니까, 내가 그에게 인식하게 했듯, 하나의 신념이 아니라, 타고난 기질과 성격의 문제, "절망의 도덕성, 자기 증오의 분노, 몰락하는 자의 생명력"의 문제라고 그가 말한다, 즉 내가 그에게 말하도록 한다. 다른 한편으로 그는 유대인들에 대해서 어떤 어색함을 느꼈고, 그들을 좋아해 보려는 노력도 기울였지만, 이러한 시도가 성공할 것인가에 대해서는 결코 확신할 수 없었다. 그의 지인들, 그리고 그의 친구들 중에도 그가 좋아했거나 싫어했던 유대인들이 있었다. 하지만 이것은 조금 달랐다, 그가 그들을 좋아하거나 싫어했던 것은 순전히 개인적인 이유 때문이었던 것이다. 그러나, 예컨대 유대민족이라는 개념 같은 하나의 그토록 추상적인 개념에 대해 어떻게 사랑을 느낄 수 있겠는가. 혹은 이 추상적 개념에 쑤셔넣어진 낯 모르는 사람들에 대해 어떻게 사랑을 느낄 수 있겠는가. 그들을 사랑하는 것에 성공한다 하더라도, 그것은 인간이 마치 한 마리 길 잃은 동물을 사랑하는 것과 같은 사랑일 것이다, 먹이는 주지만 그것만으로 그가 무엇을 꿈꾸고 무엇을 할 수 있는지는 알지 못하는 것이다. 이제 그는 이 고통으로부터, 당연히 짊어져야 한다고 여겨지는 모든 책임으로부터 자유로워졌다. 이제 그는 그가 경멸하는 자들을 떳떳하게 경멸할 수 있다, 또한 그가 사랑하지 않는 자들을 더 이상 사랑할 필요도 없다. 그가 더 이상 조국을 가지지 않기에, 그는 자유의 몸이 되었다. 그는 자신이 어떤 정체성을 가지고 죽을 것인지만 결정하면 된다. 유대인으로, 기독교인으로, 영웅으로 아니면 희생자로, 혹은 형이상학적 부조리가 망가뜨린 자, 데미우르고스[12]적인 새 카오스의 희생자로? 그에게 이러한 개념들은 아무런 의미가 없기 때문에, 그는 적어도 자신이 죽게

_____

12) 플라톤 철학에서 우주의 창조신을 이르는 말. 우주의 창조신은 무질서로 해체되려는 성향을 지닌 물질을 원형인 이데아에 맞춰서 질서를 지닌 존재자로 만들어 낸다.

될 것이라는 명백한 사실을 거짓말로 더럽히지는 않기로 결심한다. 그는 모든 것을 단순하게 여긴다, 미래를 투시할 수 있는 권한을 획득했기 때문이다: "의미를 찾는 일은 그만둡시다, 의미 따위는 없는 곳에서: 금세기, 이 중단 없이 임무를 수행하고 있는 발포 명령은 다시 한번 대량 학살을 준비하고 있으며, 그리고 운명은 사형수의 제비를 나에게 쥐어 주려고 한다는 것, ― 그것이 전부입니다." 이것이 그의 마지막 말이었다, 물론 나의 마지막 말이었다. 물론, 이 모든 것이 그렇게까지 필요했던 것은 아니지만, 그래도 여기서 나는 오로지 본질적인 것에만 국한하고자 한다, 대화, 줄거리, 배경, 다른 등장인물, 그리고 결국 그를 떠나는 그의 연인 등은 치워 둔다. 마지막으로 우리는 땅바닥에 주저앉은 채로, 주체할 수 없는 웃음 때문에 몸을 앞뒤로 흔들고 있는, 우리의 주인공을 보게 된다. 내가 이 소설의 제목으로 쓰려고 했던 것도 "웃음"이었다, 하지만 이 제목을 출판사의 편집장이 폐기했다, 그 편집장은 근무 중에 ― 그러니까 출판사에서도 ― 늘 그의 **관용 총기**를 소지하고 있는 것으로 유명한 남자였는데, 그가 따로 제복을 입고 있는 모습이나 **관용 총기** ― 권총 ― 를 검대에 매는 대신, 바지 뒷주머니가 불룩해지도록 꽂고 다니는 모습을 아무도 본 적이 없음에도 불구하고, 그렇게 알려져 있었다, 여하튼 이 편집장이 그 제목을 "냉소적"이고, "신성한 기억들을 발로 짓밟는" 표현이라는 등의 이유로 거부했다, 그리고 비록 팔다리가 잘린 제목을 달았음에도 불구하고, 그 이야기는 그렇게 출간될 수 있었는데, 그 일을 나는 지금도 이해하지 못했고, 이해하고 싶지도 않다, 숨은 의도들이 잘 풀리지 않도록 엮어 둔 것을 꿰뚫어 본다든가, 그 어떤 것도 아낄 줄 모르고 모두 파괴해 버리는, 심지어 그것을 존재하게 하는 것조차도 파괴하고, 오로지 파괴적인 목적으로만 존재하는 조직 같은 것을 가능한 만큼 이해하려는 일 따위는 역겨웠기 때문이다, 나에 의해 창조된 등장인물들처럼 나 또한 그 설명으로, 나의 소설이 — 언제나 그렇듯이 — 대량 학살을 다룰 때에도 — 무엇보다 삼등분하는 — 행운의 숫자를 우연히 뽑게 한다는 설명에 만족한다, 이 이야기에서 내 아내의 마음에 가 닿은 것은, 그녀가 언급했듯, 인간이 스스로 유대인으로 살아갈 것인지 아닌지를 결정할 수 있다는 발상이었다. 지금까지 그녀는 유대인에 대한, 혹은 유대인과 관련한 책을 읽을 때면 어김없이, 얼굴이 또다시 진흙 속에 처박히는 사람의 기분이 되었다고 했다. 이제야 그녀는 처음으로 고개를 들 수 있을 것 같은 기분이라고, 나의 아내는 말했다. 나의 소설을 읽으며, 나의 아내는 내 소설의 "주인공"이 느끼는 것처럼 느꼈다고 말했다, 죽어 가긴 하지만, 그럼에도 불구하고 죽기 전에 내면의 해방을 경험하는 주인공처럼. 비록 단지 덧없이 짧은 순간이었지만, 그녀는 그럼에도 이런 해방감을 체험했다고, 나의 아내가 말했다. 이 소설이, 지금까지 읽었던 그 모든 것들보다 더 많이, 자신에게 사는 법을 가르쳐 주었다고, 나의 아내가 말했다, 그리고 그날 저녁 벌써 두 번째로 빠르게 바뀌고 순간 치솟았다 사라지는 표정들이 그녀의 얼굴 위로, 어떤 다른 말로 표현할 수 있을지는 모르겠다, 마치 미소의 반음들처럼 살짝 스쳐 지나갔다, 그녀의 미소는 나의 내면에 어떤 감정을 낳았는데, 그것은 내가 그대로 용해되어 무엇으로든 변신할 수 있을 것 같은 느낌이었다. 곧이어 나는 아내가 했던 말의 배경을, 나의 아내의 어린 시절과 청소년기에 대해 알게 되었다. 그녀의 어린 시절과 청소년기는, 비록 나의 아내가 아우슈비츠 이후에 태어났음에도 불구하고, 아우슈비츠라는 표상 안에 서 있었다. 더 정확하게 말하자면, 유대인이라는 표상 안에. 그녀가 앞에서 사용했던 말을 인용하자면, 진흙이라는 표상 안에 있었다. 나의 아내의 부모님은 아우슈비츠를 거친 분들이었다. 그녀의 아버지, 큰 키에 머리가 벗어진, 낯선 사람들이 있는 곳에서는 조심스럽게 처신하지만, 친구들이나 가족들과 함께 있을 때는 엄격한 표정을 맘껏 드러내는 그녀의 아버지는 나도 만나 볼 수 있었지만, 그녀의 어머니는 일찍 세상을 떠나고 없었다. 그녀는 아우슈비츠에서 얻어 온 질병으로 인해 사망했다, 그 병으로 인해 그녀는 때로는 몸이 부었고, 때로는 살이 빠졌으며, 때로는 복통을 겪었고, 때로는 피부 발진으로 고생했다, 과학은 그녀의 병 앞에서 근본적으로 무기력했다, 과학이 이 질병을 일으킨 원인, 즉 아우슈비츠 앞에서 무기력했듯이: 나의 아내의 어머니의 질병은 말하자면 아우슈비츠 그 자체였던 것이다, 그리고 아우슈비츠로부터는 치유될 수 있는 인간은 없다, 아우슈비츠라는 질병으로부터는 그 누구도 결코 치유되지 못할 것이다. 의사가 되기로 그녀가 결심한 데에는 어머니의 질병과 때 이른 죽음이 어떤 결정적 역할을 했다고, 나의 아내는 말했다. 훗날, 우리가 언젠가 이런 이야기를 나누게 되었을 때, 나의 아내는 몇몇 문장을 인용했는데, 그녀는 그것들을 어디서 읽었는지는 더 이상 기억하지 못하지만, 그것을 읽은 후 결코 잊은 적이 없다고 말했다. 그 자리에서 바로 생각난 것은 아니지만, 얼마 지나지 않아 바로 나는, 나의 아내가 이 문장들을 『반시대적 고찰』이라는 한 연구서, 특히 「역사의 이해(利害)에 관하여」라는 제목의 장에서 읽었을 것이라는 사실을 찾아냈다, 그리고 이것은 나의 믿음을, 우리를 필요로 하는 문장들은 머지않아 우리를 찾아낼 것이라는 나의 믿음을 강화시켜 주었다, — 왜냐하면 이러한 믿음이 없이는, 이 문장들이 어떻게 나의 아내 — 철학에 대해서라면, 더더구나 니체에 대해서는, 내가 하는 한, 단 한 번도 흥미를 가져 본 적이 없는 나의 아내 — 에게 이르게 되었을지를 도무지 이해할 수 없었기 때문이다. 언젠가 어느 고서점의 어둑한 구석에서 획득했던, 붉은색 표지가 너덜너덜해질 정도로 오래된 니체 전집에서 내가 찾아낸 문장들은, 이런 것이었다: 매우 정확하게, 내 번역은 아니지만, 빌트너 외된의 탁월한 번역으로, 다음과 같이 적혀 있다: 불면(不眠)에도 반추(反芻)에도 역사적 감각에도 일정한 한도가 있으며 그 한도에 도달하면 인간이든, 민족이든, 문화든, 살아 있는 모든 것은 해(害)를 입으며 마침내는 파멸하고야만다. 그러곤, 그녀 앞에서 계속, 난 순간적으로 말을 잇지 못한다: 모든 과거를 잊어버리고 순간의 경지 위에다 자리 잡을 수 없는 사람, 승리의 여신처럼 단지 한 점 위에 아무런 어지럼도 공포도 없이 설 수 없는 사람은 — 그리고 여기서부터는 아내가 벌써 외워서 말하기 시작했다: 그는 결코 행복이 무엇인가를 알지 못하며 더욱 몹쓸 것은, 그가 다른 사람을 행복하게 하는 일은 결코 하지 않을 거라는 사실이다. 아내는 자신이 그녀가 유대인이라는 사실과 그와 결부된 모든 일들을 이미 어린 시절부터 알고 있었다. 자신의 인생에도 한 시절이 있었다고, ―"주근깨투성이에 머리는 한 갈래로 동여매고 다니는 조그만 소녀였을 때 말이에요,"라고 아내가 말했다 ―, 그때 그녀는, 다른 아이들이 자신을 바로 그것 때문에 언젠가는 매우 좋아하게 될 것이라는, 그런 상상을 했었다는 것이다. 그녀의 말을 써 내려가고 있는 지금 이 순간, 이 말을 하며 활짝 웃던 그녀가 불쑥 내 눈앞에 보이는 것 같다. 후에 자신이 유대인이라는 사실은 그녀에게 절망감과 동의어가 되었다. 천벌을 받은 기분, 소심함, 의심, 어딘가에 늘 매복하고 있는 두려움, 어머니의 질병. 낯선 사람들 사이에서는 혼자 어두운 비밀을 숨기고 있는 기분이었고, 집에 돌아가면 그곳은 유대인의 감정들과 유대인의 생각들로 들어찬 게토였다. 어머니가 세상을 떠난 후 고모가 그들의 집으로 이사했다. '그야말로 아우슈비츠의 얼굴을 하고 있구나' 하는 생각부터 들었다고, 아내가 말했다. 모든 사람이 오로지 과거에 살인을 저질렀거나 미래에 살인을 저지를 사람처럼 보였다. "그럼에도 불구하고 내가 어떻게 그럭저럭 평범한 여자가 될 수 있었는지 모르겠어요." 유대인 문제가 화제에 오를 때면 그녀는 그곳에서 잠시 자리를 뜨곤 했다는 것이다. "내 안에서 무언가 알 수 없는 것이 돌처럼 딱딱해져 뻣뻣하게 저항하고 있었어요." 그녀는 좀처럼 집에 붙어 있지 않았다고 했다. 학업은 좋은 도피 수단이었다, 나중에는 의사가 되기 위한 공부가 그랬고, 성급하게 시작했다 짧게 끝낸 몇몇 연애가 그랬다. 두 가지 "충격 경험"이 자신의 인생에 있었다고, 아내가 말했다. 두 가지 모두, 그녀의 기억에 따르면, 열여섯, 열일곱 즈음에 겪은 일이었다. 한번은 그녀가, 매우 흥분하여, 프랑스 혁명에 대해 이야기하고 있었는데, 그녀는 이 혁명이 나치와 별반 다를 것이 없다고 말했다, 고모는 그녀의 말에 곧장 반박하며, 프랑스 혁명에 대해 유대인인 그녀가 그런 말을 해서는 안 된다고 했다, 왜냐하면 만약 프랑스 혁명이 일어나지 않았더라면, 유대인들은 지금도 여전히 게토 안에 살고 있을 것이기 때문이었다. 고모에게 꾸지람을 들은 후 그녀는, 아내는 그렇게 기억하고 있었는데, 몇 날 며칠, 아니 어쩌면 몇 주 동안 집에서는 입을 열지 않았다. 당시 그녀는 자신이 더 이상 존재하지 않는 듯한 느낌을 받았다, 자신만의 고유한 감정, 자신만의 생각을 가질 권리가 없다고 느꼈다, 자신은, 다만 유대인으로 태어났기 때문에, 유대인의 감정들과 유대인의 생각들만 가질 수 있을 뿐이라고 받아들였다. 그때 그녀는 처음으로 자신 안에서 형성되고 있는 기분을 숨김없이 털어놓았다: 날마다 누군가 자신의 얼굴을 진흙 속에 처박고 있는 것 같다고. 또 하나의 경험은 이것이다: 그녀는 손에 책 한 권을 들고 앉아 있다, 잔혹함으로 가득한, 잔혹함에 대한 사진들로 가득한 책 한 권, 철조망 너머의 한 얼굴, 초점을 잃은 눈빛과 안경, 한 어린 소년, 노란 별을 달고, 눈 위까지 흘러내린 볼꼴 사나운 모자를 쓰고, 허공을 향해 두 손을 치켜든 어린 소년의 양옆에 무장한 병사들, 그녀가 이 사진들을 보고 있다, 그리고 그녀의 마음속에서 무엇인가 냉혹한, 타인의 불행에 은밀하게 안도하는, 그녀 자신도 당혹스러운 감정이 스멀스멀 꿈틀대는 것을 느낀다, 그리고 그녀는 나의 소설 속 주인공이 생각하는 것과 같은 생각을 한다: "그게 나와 무슨 상관이 있겠어요? 나도 한낱 유대인일 뿐인데."라고 나의 아내가 말했다. 하지만 그녀가 나의 소설 속에서 그것과 비슷한 생각들을 마주치기 전까지는 늘 자신의 생각을 들킬까 두려웠고 그 때문에 죄책감을 느끼곤 했다는 것이다. 그러므로, 나의 아내가 말했다, 나의 소설을 읽고 난 뒤에는 **고개를 들 수 있겠다**는 기분이 들었다고. 그리고 그녀는 내가 자신에게 사는 법을 가르쳐 주었다고, 내 곁에서는 자유로워진 느낌이 든다고, 여러 번 되풀이했다. 그렇다, 지금 나의 이 어두컴컴한 밤에, 의식은 점점 또렷해지는 이 밤에 바람처럼 스쳐 간 나날의 엮임 ─ 그것이 나의 결혼 생활이었는데 ─ 으로부터 목소리들, 형상들, 그리고 모티브들이 불현듯 되살아난다, 창가에 서 있는 우리가 보인다, 우리가 함께 살았던 집의 창가, 다시 밤이다, 겨울은 지났지만 아직 봄은 오지 않은 밤, 대도시의 역겨운 악취를 뚫고, 마치 저세상으로부터 당도한 복음처럼, 어떤 향기가 스며드는 밤이었다, 어쩌면 저 먼 곳에서 자라고 있는 나무들, 흡사 습관적으로 다시 깨어나서는, 이제 습관적으로 다시 살고자 하는 나무들의 향기, 길 건너편에서는 살짝 취한 남자 세 명이 인근 술집에서 걸어 나와 비틀거리며 집으로 향하고 있었다, 그들 중 한 남자가 입고 있던 양가죽 코트의 밝은 목둘레 장식이 우리 집 창문 쪽으로 반짝거렸다, 그들은 서로 기댄 채,

나직한 목소리로 노래를 불렀다, 도로 위로는 막차들이 미끄러지듯 지나갔다, 순간 정적이 흘렀다, 그러고는 울림이, 마치 교향악의 중간 휴지가 지나고 나서처럼, 다시 밀려왔는데, 그들의 목소리도 더 또렷하게 울려, 우리는 그들이 무슨 노래를 부르고 있는지 정확하게 들을 수 있었다: 우리는 방금 아우슈비츠에서 왔다네, 우리는 예전보다 더 늘어났다네, 노랫소리가 밤을 가르며 울려 퍼졌다, 사실 처음 소리를 들었을 때는 무슨 말인지 알아듣지 못했다, 그러고 나서 가사의 뜻을 깨닫게 되었을 때는 하지만, 그게 나랑 무슨 상관이란 말인가, 라고 생각했다, 이른바 반유대주의라는 것도 그저 개인적인 입장일 뿐이 아닌가, 비록 나 자신은 그것 때문에 언제 어디서든 죽게 될 수도 있지만 말이다, 여하튼 아우슈비츠 이후로, 그것은 그저 하나의 시대착오일 뿐이라 생각했다, 하나의 착오, H.가 — 총통이자 수상인 H.가 아니라, 모든 총통과 수상들의 집사이자 철학자인 H. — 세계정신이 깃들지 않았다고 단정하는 어떤 착오, 다시 말해서 지역주의, 그 이상도 그 이하도 아닌, 그 땅의 수호신, 지역적 관용일 뿐이다, 그리고 그들이 만약 나를 총으로 쏘거나 때려죽이고 싶어 한다면, 나는 생각했다, 언제나 이미 그래 왔던 것처럼, 나는 생각했다, 먼저 통보해 줄 것이라고. 그제야 나는 내 아내를 바라보았다, 조심스럽게, 왜냐하면 그녀가 의아하게도 말이 없었기 때문이다, 그리고 가로등의 차가운 불빛과 우리 등 뒤로 비치는 침실의 따뜻한 불빛으로 나는 그녀의 얼굴에서 눈물이 흘러내리고 있는 것을 보았다. 그것은 절대 끝나지 않을 거라고, 나의 아내가 말했다, 이 저주로부터 벗어날 길은 없다고, 그녀가 말했다, 그리고 최소한 무엇이 자신을 유대인으로 만드는 것인지 알고 싶다고 말했다, 그녀는 이 믿음을 단 한 번도 가질 수 없었고, 그것이 게으름, 비겁함 또는 다른 어떤 종류의 편견 때문이든 유대인이나 유대인의 문화에 대해 알지 못했으며 개인적으로 그런 것들에 대해서는 일말의 관심도 가질 수 없었던 것이다, 대체 무엇이, 말하자면, 그녀를 유대인으로 만드는지에 대해서 그녀는 아무 관심이 없다고, 그녀가 말했다, 그것이 언어든, 삶의 방식이든, 그 무엇도 그녀를 그녀의 주변에 살고 있는 다른 사람들과 구분 짓지 않는데, 그런 것이 존재한다면, 그것은 아마도 그녀의 유전자에 숨어 있는, 태고의 비밀스러운 메시지여서 그녀 자신은 들을 수도, 알 수도 없는 것이 아닌가. 그리고 그 순간 나는 그녀에게 나직하고, 단호하게, 마치 빈틈없는 후방 공격이나 갑작스럽고 세찬 포옹을 실행할 때처럼, 거의 계산적으로 말했다, 그 모든 것이 아무 소용 없는 일이라고, 그녀가 헛되이 그럴듯한 이유를, 거짓 해명을 찾고 있는 것이라고 말했다, 그녀를 유대인으로 만드는 것, 그것은 오직 단 하나의 조건일 뿐이라고, 오로지 이 하나의 조건, 그 밖엔 아무것도 없다고: 당신이 아우슈비츠에 가보지 **않았다는** 것, 그것이라고, 나는 그녀에게 말했다, 내 말을 듣고 나서 아내는 처음엔 말이 없었다, 마치 갑자기 겁을 집어먹은 아이처럼, 하지만 그녀의 얼굴은 곧바로 본래의 얼굴로, 내가 알던 아내의 얼굴로 돌아갔다, 그러나 그와 동시에 또 다른, 내가 알던 얼굴에서 이제야 비로소 발견한 생소한 얼굴이 되었는데, 이 발견이 나를 뒤흔들어 놓았다; 그리고 그 순간부터 우리의 밤들이, 더 이상 뜨겁지 않았던 우리의 밤들이 다시금 뜨겁게 달아오르기 시작했다. 그렇다, 그때부터 이미 내 결혼 생활의 모순들이 드러났다, 더 정확하게는 나의 결혼 생활은 그것의 실체 그대로를 입증하기 시작했던 것이다: 하나의 모순. 이 시기를 떠올릴 때면, 어떤 반사 작용이 무엇보다 먼저 떠오르는데, 그것은 나를 끊임없는 긴장과 동요 상태에 붙들어 두었다, 마치 본능적 충동에 따라 정교한 댐, 탈출구, 굴착 시스템, 심지어 성(城)을 짓고 개조하는 비버들, 근본적으로 쥐와 다름없는 동물들의 움직임 같은 상태로 말이다. 그 무렵 나의 마음을 분주하게, 물론 나에게 빵을 벌어다 주는 한 무더기의 번역 작업과 나란히, 말하자면 마음을 늘 들볶는 하나의 생각이 있었는데, 그것은 한 편의 보다 위대한 작품, 한 편의 장편소설을 향한 기획이었다. 글의 소재는, 소소한 부분들은 생략하고 말하자면, 어둠에서 벗어나 빛으로 나아가는 한 영혼이 가는 길이었을 것이다, 기쁨에 찬 투쟁, 이 투쟁의 과업을 소명으로, 행복을 의무로 간주하는 영혼의 길. 그 당시 나는 아내와 매우 자주, 아니, 이것도 절제된 표현일 터이니 더 정확하게 표현하자면, 끊임없이 나는 그 당시 나의 아내와 이 기획에 대해 이야기를 나누었다, 아내는 우리들의 대화에, 그리고 무엇보다 그 기획 자체에 분명 큰 즐거움을 느꼈다, 그녀는 그 속에서, 물론 아무 근거가 없는 것도 아니었지만, 우리의 결혼이 남긴 일종의 기념비 같은 것을 보았던 것 같다, 그러므로 그것에 대해 내가 그녀에게 아무리 자세히 이야기해도 늘 충분하지 않았다, 처음엔 겨우 스케치 수준이었다가 하루하루 지나며 점점 확장되는 플롯들에 대한 묘사를 아무리 자세히 해도 그녀에게는 늘 충분치 않았던 것이다, 서서히 쌓여 가며 풍부해지고 여러 갈래로 뻗어 나가는 모티프들과 착상들, 그것들에 대해 그녀는, 갑자기 환하게 밝아졌다가 급격히 다시 꺼져 버리는 미묘한 표정을 띠고, 수줍은 듯 의견을 덧붙이기도 했다, 그녀의 얼굴에서 이러한 미묘한 변화가 일어나는 것이 보고 싶어, 나는 고개를 끄덕이며 그녀의 의견들을 받아들이고, 격려하고, 인정했다, 이 작품의 초안은 사실상 우리 둘이 함께 키우고, 돌보고, 애정을 쏟았다고 말해도 좋을 것이다, 마치 그것이 우리 둘이 낳은 아이라도 되는 것처럼. 돌이켜 보면, 그 모든 것이 의심할 여지 없는 실수였다, 나의 인생에 있어서, 나의 존속에 있어서 가장 민감하고, 은밀하며 또한 무방비한 영역, 한마디로 나의 일의 영역에 아내의 틈입을 허용했던 것은 실수였다, 그곳은 내가 언제나 보호막을 펴고 지켜 왔던 곳으로, 아내를 들여놓았던 것과는 정반대로, 그 이전은 말할 것도 없고 그 이후로도 예외 없이 철조망을 둘러 놓고 모든 무단 침입자, 그것이 누구의 것이든 어떤 종류의 것이든 모든 난입에 대해서 철저하게 방어해 온 곳임에도 불구하고 말이다; 나의 삶 전체를 포용하며 관통하는, 매서운 동시에 몹시 온화한, 내 아내의 간섭에서 내가 명백하게 어떤 위험을 감지했음에도 불구하고, 나는 다른 한편으로는 이 간섭을, 이것도 명백한 일인데, 그럼에도 불구하고, 잃고 싶지 않았다, 마치 겨울의 길고 어두운 날들을 지나 갑자기 우리를 향해 밝아 오는, 따스한 햇살을 우리가 포기하고 싶지 않은 것처럼 말이다. 마침내 내가 나의 기획을 실현시키고자 했을 때, 그러니까 나의 머릿속에 자리한 소설을 종이에 적어 나가기 시작했을 때, 내 머릿속의 형상들은 구현될 수 없다는 것이 드러났다; 나의 펜으로부터, 마치 어떤 감염원(感染源)으로부터 출몰한 것처럼, 일종의 분비물이 내 소설의 초안을 이루는 그 조직 전체로, 그것의 모든 세포들 속으로 스며들어, 이 조직과 세포들을, 가히 말하자면 병들게 했던 것이다; 그것을 써내는 일이 불가능하다는 것이 드러났다, 적어도 나에게는 불가능하다는 것이, 이것은 궁극적으로는 결국 같은 결론에 이르게 되는데, 말하자면 행복에 대해 쓰는 것은 나에게는 불가능하다는 결론이다, 행복이란 어쩌면 너무 단순한 것이어서, 그것에 대해서라면 아무것도 쓸 수 없을 거라고, 나는 적었다, 그 당시 내가 적어 두었던 쪽지에서 내가 지금 막 읽고 있는 것처럼, 그리고 그것을 보며 다시 옮겨 적고 있는 것처럼, 행복하게 보낸 삶은, 그에 따르면, 무감각하게 보낸 삶이다, 라고 나는 적었다. 삶을 글로 쓰는 일은 삶을 물음에 던지는 일임은 명백하다, 그리고 자기 자신의 삶을 물음에 던지는 것은 오직 자신의 삶을 이루는 것들로 질식되고 있거나 어쨌든 그 안에서 기형적으로 틀어지고 있는 자뿐이다, 내가 글을 쓰는 것은 기쁨을 찾기 위함이 아님은 명백하다, 그와는 반대로, 나는 나의 글쓰기로 고통을 구하고 있다, 거의 참을 수 없는 고통을, 그렇다, 그것은 아마도 고통이 곧 진실이기 때문일 것이다, 진실이 무엇인가, 라는 물음에 대해서는 오로지 하나의 매우 단순한 답이 있을 뿐이라고, 나는 적었다: 진실은 나를 전멸시키는 것이다. 이 모든 것을 나는 물론 나의 아내에게 말할 수 없었다. 다른 한편으로 나는 그녀에게 거짓말을 하고 싶지도 않았다. 그리하여 우리는 함께 사는 동안, 나의 글쓰기에 대한 이야기가 화제에 오를 때마다 어려움에 부딪혔다, 무엇보다도 나의 글쓰기 작업의 결과들에 대한 기대, 문학으로서의 글쓰기가 화제에 오를 때면, 나와는 거리가 먼, 나와는 전혀 무관한, 그리고 나의 흥미를 전혀 끌지 못하는 호불호의 문제라든가, 내 작업의 의미에 대한 문제, 그러니까 말하자면 궁극적으로는 대부분 성공이냐 실패냐의 수치스럽고, 더럽고, 냉소적이고 굴욕적인 이야기로 귀결되는 대화에서 우리는 큰 어려움에 부딪혔다. 나의 펜이 곧 나의 무덤을 파는 삽이라는 것을 내가 어떻게 나의 아내에게 설명할 수 있었겠는가? 나는 그저 글을 써야만 하기 때문에 글을 쓰고 있으며, 내가 글을 써야만 하는 이유는 내가 날이면 날마다 불어 대는 휘파람 소리의 부름을 받기 때문이라는 것을, 삽을 조금 더 깊이 박아 넣으라고, 바이올린을 조금 더 어둡게 연주하여 죽음을 더 달콤하게 노래하라는 부름을 받기 때문이라는 것을 어떻게 설명할 수 있겠는가? 내가 나의 내면에 기만적인 속셈을 키운다면, 성과, 문학 또는 성공에 대한 기만적인 속셈에 거름을 주어 키워 간다면, 지상에서 나에게 주어진 유일한 과제, 즉 나의 자기 청산을 끝낼 수 없을 거라는 것; 나의 아내 혹은 또 다른 누군가가 어떻게 나에게 요청할 수 있단 말인가, 내가 나의 극적인 자기청산을 이용해야 한다고, 더군다나 마치 마스터키를 가진 도둑처럼, 그것을 이용하여 나를 예컨대 문학의 미래로, 혹은 그 밖의 것들이 보장하는 미래로 집어넣기 위하여 스스로의 죽음을 이용해야 한다고 요청할 수 있단 말인가? 미래라는 것으로부터 나는 이미 나의 탄생을 통해서도 차단되어 있었으며, 나 스스로도 나를 차단해 왔고, 이 미래라는 것에 다만 바로 그 삽질만을, 구름 속에, 바람 속에, 무(無)의 한가운데 나의 무덤을 파는 삽질만을 근본적인 작업으로 설정해 두고 있는 터인데 말이다. 문제는 다만, 나 스스로가 나의 처지를 그 당시에, 지금 내가 그것을 묘사하고 있는 것처럼, 분명하고 명확하게 파악하고 있었던가 하는 것이다. 아마도 완전하지는 않았겠지만, 하지만 어떤 열망만큼은, 선한 의도라고까지 말할 수는 없더라도, 의심의 여지 없이 내 안에 자리 잡고 있었다. 그 당시 내가 어떤 생각을 하고 있었는지, 내가 어떤 종류의 감정을 겪고 있었는지는, 내 결혼 생활의 파편들을 뒤지다가 발견하게 된, 한 장의 쪽지에도 잘 드러나 있다. 늦은 밤까지 이어진 작업 때문에 아침 식사 시간에 깨어날 수 없었던 그날, 나는 이 쪽지를 일부러 아내의 찻잔 옆에 놓아두었다. 그 쪽지에는 이렇게 쓰여 있었다: "······우리는 서로 사랑하고, 그러면서도 자유로울 수 있을 것이다, 나 또한 잘 알고 있지 않은가, 우리들 가운데 그 누구도 남편으로서의 자기 운명, 아내로서의 자기 운명으로부터 달아날 수 없다는 것을, 그리하여 우리는 저 고통을, 확실히 그다지 현명하지 않은 자연이 우리에게 얹어 놓은 고통을 견뎌야만 하는 것이다: 그러고는 다시금 반복될 것인데, 내가 바라는 것은, 말하자면 내가 너를 향해 나의 손을 뻗으며 바라는 것은, 오직 네가 나의 아내로 남아 있는 것이다; 그리고 내가 너를 그와 동시에, 그러니까 너도 너의 손을 뻗으며 마침내 나의 것이 되었을 때, 다만 내가 나의 자유를 지키기 위하여, 너를 너의 희생 속에 가두게 된다면……." 여기서 쪽지는 끝난다, 그것은 내가 나의 기록물들 사이에서 발견한 것인데, 그곳에서 발견된 것을 보면, 내가 그것을 아내의 찻잔 옆에 놓아둔 것이 아니라, 왠지는 모르지만 나의 기록물들, 쪽지들 사이에 끼워 두었음이 확실하다; 그러나 어쨌거나 또한 확실한 것은, 내가 그와 같은 생각을 몰래 품고 있었다는 것, 그리고 나의 생각을 좇아서, 혹은 이 생각 자체를 살고 있었다는 것이다, 내가 언제나 변함없이 어떤 은밀한 삶을 품고 있었으며 언제나 그것이 나의 진정한 삶이었던 것처럼. 그렇다, 그 무렵 나는 나의 탈출구, 비버처럼 숨어들어 살아갈 나의 요새를 축조하기 시작했다, 그리고 내 아내의 시선과 간섭으로부터 그것을 숨기고 보호했다, 나는 그 속에서, 의심의 여지 없이 이 방어벽 덕분에, 내 아내의 행동 속에 숨어 있는 어떤 불만을 지긋이 관찰할 수 있다고 믿었다, 이러한 관찰은 우선 나의 내면에 적대적 반감을 풀어놓았고, 그 감정은 점차 사라질 줄 모르는 고통으로 바뀌어 갔다, 이와 같은 고통은 내 아내의 일시적인 변덕을 실제 이상으로 심각한 것으로 보이게 했고, 보이게 하려는 것 같았다, 아내를 달래기 위해서는 그다지 큰 노력이 들어가지는 않았을 것이다, 깊이 숙고한 단 한마디의 적당한 말, 그렇다, 단지 그에 상응하는 단 하나의 몸짓이면 충분했을 것이다, 그럼에도 나는 나의 고통에 굳게 집착하고 있었다, 명백하게 내가 거부당하고 있음을 거기서 인지했기 때문이다, 거부당하는 상태에 동반되는 참을 수 없는 감정은 어떤 보상을 촉구했는데, 이 고독한 보상은 다시금 내 안에서 창조적인 에너지로 나타났다, 말하자면 그것이 나의 신경 발작증에 불을 붙였는데, 모든 것을 압도하는, 나를 보다 새롭고 더 완강한 방어용 반사 신경이 요구되는 작업으로 이끄는 의욕, 작업에 대한 나의 열의와 맹렬함에 불을 지폈던 것이다, 요컨대 그 지독한 메커니즘이 가동되기 시작했던 것이다, 이 살인적인 회전목마, 나를 우선 고통에 푹 담갔다가, 하늘 높이 들어 올리고는, 나를 곧장 더 깊이 심연으로 내던져 버리는…… 회전목마가 돌기 시작한 것이다, 그리고 확실히, 매우 확실하게 이것은, 다시금 뜨거워지고 있던 우리들의 밤에, 이 어슴푸레하게 빛을 발하는 밤들 가운데 하나의 밤에, 까만 벨벳 같은 어둠 속에서 스스로를 잃어버리는 나의 밤들의 새까만 불빛들과는 엄연히 구분되는 그런 밤에 나의 아내로 하여금, 그 모든 우리들의 물음과 대답에 대하여, 우리의 온 생애에 닿아 있는 물음과 대답에 대하여 우리는 오로지 온 생애로, 더 정확하게 말하자면, 오직 우리들의 생애로만 답할 수 있을 거라고 말하게 했다, 그것을 벗어난 모든 질문과 그것을 벗어난 모든 대답은 불충분한 질문과 불충분한 대답일 뿐이라고, 그리고 그녀는 이 완전함을 오로지 한 가지 방법으로만 상상할 수 있을 뿐이라고, 왜냐하면, 적어도 그녀에게는, 그 어떤 다른 완전함도 저 유일하고, 철저한, 실제적인 완전함을 대체할 수 없을 거라고, 그녀는 말하자면 나의 아이

를 원하는 것이라고, 나의 아내가 말했다. 그 말에 대하여 나는 바로 이 대답,

"안 돼!"라고 대답했던 것이다. 일순간, 즉각적으로, 한 치의 망설임도 없이, 거의 본능적으로 대답했다, 왜냐하면 그사이 우리의 본능이 우리의 본능에 반하여 작동하는 것이, 말하자면 우리의 반(反)본능이 우리의 본능을 대신하고, 더욱이 본능인 것처럼 작동하는 것이 이미 아주 자연스러워졌기 때문이다. 그리고 덧붙이자면, 그녀의 입장에서는, 그러니까 나의 아내는, 마치 나의

"안 돼!"가 그다지 확고하지 않은

"안 돼!"처럼 들렸든가 혹은 앞뒤가 맞지 않는 나의 모순에 대해 누구보다 잘 알고 있다는 확신이 있어서였든가, 나의 아내는 내 말에 그저 웃을 뿐이었다. 그녀는 나를 이해한다고, 나중에 그녀가 나에게 말했다, 그녀는 알고 있다고, 나의 마음속 얼마나 깊은 곳으로부터 이

"안 돼!"가 터져 나왔는지, 그리고 그것이 긍정의 대답으로 바뀌기 위해서 내가 나의 내면에 있는 무엇을 극복해야만 하는지를 알고 있다고. 그녀의 말에 대하여 나는, 나도 그녀를 이해하고 있다고 생각한다고, 나도 그녀가 무슨 생각을 하는지를 알고 있다고 말했다, 하지만 이

"안 돼!"는 그저

"안 돼!"이며, 그녀가 아마도 섣불리 짐작하고 있을, 유대인은 안 돼는 아니라고 말했다, 그렇다, 그것에 대하여 나는 전적으로 확신하고 있다고, 그것이 대체 어떤

"안 돼!"여야 하는가를 알지 못하는 만큼, 그것이 유대인은 안 돼는 아니라는 것은 확신하고 있다고 말했다, 그저 하나의
"안 돼!"라고 나는 말했다, 비록, 유대인은 안 돼와 관련하여, 충분한 이유들이 있음에도 불구하고, 한 대화의 장면을 측은하고 절망적으로 상상하는 것만으로도 충분하다고 말했다, 예컨대, 아이의 울음소리, 우리 아이의 울음소리를 — 너의 울부짖음 — 상상해 보는 것으로 충분하다고, 내가 말했다; 그러니까 말하자면, 무엇인가 아이의 귀에 가 닿았다고 해 보자, 그리고 지금 막 울음이 터진다고 해 보자, 아이가 소리 친다: "난 유대인이 되고 싶지 않아!" 이것은 하여간 충분히 상상할 수 있는 일이다, 라고 내가 말했다, 그리고 아이가 유대인이기를 원하지 않는 것, 또한 전적으로 이해할 수 있는 일이며, 그렇다면 나는 어떠한 대답을 하더라도 난처한 궁지에 몰린 셈이 될 것이다, 그렇다, 대체 어떻게 한 인간 존재에게 유대인이 되라고 강요할 수 있겠는가, 이런 관계에서, 내가 말했다, 아마도 나는 그 앞에 — 너의 앞에 — 늘 고개를 푹 수그리고 나서야 할 것이다, 왜냐하면 내가 그에게 — 너에게 — 줄 수 있는 것이 아무것도 없기 때문이다, 아무런 설명도, 아무런 신앙도, 아무런 무기도 그에게 — 너에게 — 줄 수 없기 때문이라고, 내가 말했다, 내가 유대인이라는 사실은 결국 나에게 아무것도 의미하지 않는 것이다, 더 정확하게 말하자면, 유대인이라는 추상적 관념으로서 그것은 나에게 아무것도 의미하지 않는다, 다만 체험으로서 그것은 나에게 모든 것을 의미한다; 추상적 관념으로서 그것은: 빨간 잠옷을 입고

거울 앞에 앉아 있는 대머리 여자다, 체험으로서의 그것은: 나의 삶이다, 말하자면 나의 생존, 내가 살고 있는 정신적 실존 양식이며, 정신적 실존 양식으로 보존하고 있는 것이다, 그리고 나에게는 그것이면 충분하다, 라고 내가 말했다, 나는 그것에 완전히 만족한다고, 다만 남은 문제는, 아이가 그것에 만족할 것인가 — 네가 그것에 만족하게 될 것인가이다. 그럼에도 불구하고, 내가 말했다, 나는 유대인은 안 돼를 말하는 것이 아니라고, 그 모든 것에도 불구하고 그런 말을 하는 것은 아니라고, 왜냐하면 이와 같은, 거의 합리적인 부정보다 더 가증스럽고, 이보다 더 수치스럽고, 더 파괴적이며 자기혐오적인 것은 없기 때문이다, 바로 이 유대인은 안 돼, 이보다 더 저속하고 이보다 더 비겁한 것은 없다고, 내가 말했다. 나는 학살자들, 삶을 훼손한 자들이 큰 소리로 스스로를 생명의 길로 선언하는 것을 질리도록 봐 왔다, 그런 일들은 지나치게 자주 반복되어 내 안에서 반항심을 다시 불러일으키지도 못할 지경이라고, 내가 말했다, 삶을 훼손하는 자들 때문에 삶을 혐오하게 되는 것보다 더 끔찍한 일은 없다, 그보다 더 처참한 일도 없다고, 아우슈비츠에서도 아이들은 태어났다고, 내가 말했다, 그리고 이러한 논증은 틀림없이 내 아내의 마음에 들었을 것이다, 비록 나는, 나 자신도 나를 이해하지 못했던 만큼, 그녀가 나를 진실로 이해했다고는 생각하지 않지만 말이다, 그렇다, 그로부터 얼마 지나지 않아, 내가 전차를 타고 어디론가 가야 했던 날이었다, 어떤 일을 처리하기 위해 어디로 가야 했는지는 모르겠다, 세속적인 일들은 이미 오래전에 모두 정리가 되었음에도 불구하고, 마치 아직도 처리해야 하는 일들이 남아 있기라도 한 것처럼 나는 어디론가 가고 있었다, 나는 전차의 창밖으로 지나쳐 가는 광경을, 그 광경들의 예상치 못한 멈춤들을 응시하고 있었다. 위압감을 불러일으키는 집들과 여기저기서 불쑥불쑥 출몰하는 빈약한 나무들이 내는 희미한 비명을 스치며 전차는 질주했다, 그리고 갑자기, 마치 암살을 위한 기습처럼, 한 가족이 전차에 올라탔다. 그날이 일요일이었음을 언급하는 걸 잊고 있었다, 그것은 눈에 띄지 않게 조금씩 기울어 가던 일요일 오후였다, 계절은 이미 꽤 온화해져 있었다. 그들은 다섯이었다, 부모와 딸아이 셋이었다, 막내는 강보에서 막 빠져나와서는, 분홍색 옷에 파란 눈과 금발머리를 뽐내며 큰 소리로 울어 대고 있었는데, 입에서는 침이 질질 흘러내리고 있었다, 아이가 너무 더운 모양이라고 나는 생각했다. 갈색 머리의, 유순해 보이면서도, 고생에 찌든 모습의 아기 어머니는 아기를 품에 안고서는, 오페라 무대에 오른 발레리나가 아치형 자세를 취한 것처럼 자신의 가느다란 목을 아이 위로 구부리고 있었다. 둘째는 막내를 어르고 달래는 엄마 옆에 뾰로통한 표정으로 서 있었고, 일고여덟 살쯤 되어 보이는, 첫째는 동생에게 밀려난 애처로움을 함께하는 동지애를 표현하기라도 하듯 어린 동생의 어깨에 팔을 둘렀다, 하지만 동생은 화가 잔뜩 나서는 그것을 밀쳐 버렸다. 둘째는 엄마를 독차지하고 싶었지만, 이미 자신의 것을 빼앗겼음을 알고 있었다, 그녀가 지금까지 가졌던 수단, 막무가내로 울어 젖히는 일이 이제는 막내의 특권이 되었다는 것을 알고 있었다, 그렇게 말이는 혼자 남았다, 이 화창한 일요일 오후에 그 아이는 다시금 쓰라림을, 무시와 외로움과 질투심을 곱씹어야 했다. 이러한 경험은 훗날 그녀 안에서 너그러운 관용으로 성숙하게 될까, 나는 생각했다, 혹은 오히려 그녀를 폐쇄성으로 가두는 노이로제가 되어 갈까, 나는 생각했다, 아버지와 어머니가 그녀를 그렇게 하나의 애처로운 존재로 전락시킨다면, 나는 생각했다, 그녀는 부끄럽게 받아들여야 하는 일들을 체념하며 모두 받아들이게 될 것이라고, 그리고 만약 부끄러워하지 않는다면, 나는 생각했다, 그것은 그녀에게나 그녀를 거기까지 무너뜨리고 거기에 만족한 사람에게나 더더욱 수치스러운 일이 될 거라고. 아버지는, 여위었지만 강단 있어 보이는, 갈색 머리에, 안경을 쓴, 여름용 리넨 바지를 입고, 맨발에 샌들을 신고 있는, 목에 혹처럼 생긴 후골이 튀어나온 남자였는데, 뼈마디만 앙상한 누런 손을 뻗어, 자신의 앙상한 무릎 사이에 막내를 앉히고는 마침내 진정시켰다; 그러자 다섯 명의 얼굴에는, 마치 하나의 초월적인 메시지처럼, 그들 모두를 넘어서는 어떤 유사함이 나타나기 시작했다. 그들의 모습은 흉했다, 지쳐 빠지고, 곤궁해 보이고 제멋대로인 사람들이었다, 나의 내면에서는 혐오감, 호감, 끔찍했던 기억들과 울적함 같은, 복합적인 감정들이 서로 씨름하고 있었다, 그리고 그때 나는 말하자면 그들의 이마에서, 그리고 전차의 내벽에서, 그 낙인을 보았다:

"안 돼!" 절대로 나는 다른 한 인간의 아버지, 운명, 신이 될 수는 없을 것이다,

"안 돼!" 어린 시절 내가 겪었던 일을 또 다른 한 아이가 겪게 해서는 안 된다,

"안 돼!" 내 안에서 무엇인가 비명을 지르고, 울부짖었다, 그래서는 안 된다, 이 어린 시절을 그에게 — 너에게 — 나에게 겪게 해서는 안 된다, 그렇다, 그래서 그때 나는 나의 아내에게 내 어린 시절에 대한 이야기를 들려주기 시작했다, 어쩌면 그것을 나 자신에게 들려주기 시작한 것인지도 모르겠다, 어쨌든 나는 그것을 그녀에게 장황하게, 횡설수설 들려주었다, 나는 아무런 마음의 부담감 없이, 온종일, 일주일 내내 이야기했다. 그리고 나는 그것을 지금도, 오래전부터 이미 나의 아내가 아닌 그녀에게 이야기하고 있는 것이다, 당시에 나는 단순히 이야기하는 일만 시작했던 것은 아니었다, 나는 또한 여기저기 배회하기 시작했다, 그리고 내가 어떤 익숙함에서 비롯된 일종의 확신을 가지고 걸어 다녔던 도시는 그 무렵 나에게 하나의 덫으로 변하여, 때때로 나의 발밑에 차였는데, 따라서 나는 결코 알 수가 없었다, 말로 다 표현할 수 없는 고통과 치욕으로 물든 바닥이 어디쯤에서 나를 기다리고 있을지, 어떤 부름을 내가, 예컨대, 따라가게 될 것인지 알 수 없었다, 가령 내가 볼품없는, 다 부서진 꿈의 잔해 같은 대저택들 사이로, 고상한 환자처럼 좀처럼 잠에서 깨어나지 않는 골목길 안으로 몰래 숨어들어 가서는, 작은 탑이 있고, 풍향계가 달린, 레이스 장식에, 뾰족한 지붕과 봉창(封窓)을 갖춘 동화 속에나 나올 법한 집들의 그늘 사이에서, 초라한 앞마당을 둘러싼 검은색 철제 울타리를 따라 발소리를 죽여 가며 살금살금 걸어

다닐 때, 그곳은 마치 버려진 유물 발굴 현장처럼, 그처럼 남김없이 약탈당하고, 그처럼 벌거벗겨지고, 모든 것이 다 드러난 채, 낡고 보잘것없는 곳이 되어 있는 것이다. 혹은 내가, 또 다른 경우에, 이곳으로, 나라면 이렇게 표현하고 싶은데, 말하자면 이 도시의 내장 깊숙한 곳, 어쨌거나 내가 그곳의 거주자로 다시 돌아와 있는 곳으로 흘러들게 되었을 때 ― 운명의 장난이라고 말하고 싶다면 운명의 장난으로, 되레 무능함 때문이라고 말하고 싶다면 무능함 때문으로, 하지만 별반 차이가 없다면, 그리고 우리는 결국 우리의 무능함 안에서 우리의 운명을, 물론 우리가 그걸 알아볼 눈은 있는 경우에, 알아볼 수 있는 것이라면, 그저 운명의 장난이라고 말해 두기로 하자 ― , 그렇다, 그 당시에 나는 아마도 내가 그곳에 우연히 이르렀다고 믿었을, 좀 더 정확하게 말하면, 스스로를 그렇게 속였을 것이다, 하필이면 이곳으로, 요제프바로시로 불리는 구역의 내장 깊숙한 곳으로, 페렌츠바로시로 불리는 구역의 깊숙한 내장과 만나는 곳으로, 바로 여기, 내가 지금도 거주하고 있다고 말할 수 있는 곳, ― 내가 살고 있는 조립식 건물의 조립식 아파트가 비록 당시에는 아직 측은해 보일 정도로 빈약한 설계도에 불과했지만 말이다 ― 바로 이곳에 우연히 다다랐다고. 늦여름의 황혼 무렵이었다, 기억이 떠오른다, 거리는 농익은 냄새들로 흠뻑 젖어 있었다, 깜박깜박 불빛을 쏟아 내는 작은 창문을 단 집들이 술에 절어 불결하게 비틀대며 보도(步道)를 따라 늘어서 있었다, 석양은 누렇고, 끈적끈적한, 이제 막 발효되기 시작하는 포도주처럼 담벼락을 따라 흘러내리고 있었다, 출입문들은 마치 짓무른 상처 위에 덮인 딱지처럼 벌어져 어둠을 드러내고 있었다, 그리고 나는 어딘가를 붙들었다, 현기증이 일었기 때문이다, 문의 손잡이였을까, 아니면 어딘들 무슨 상관이겠는가, 그때 너무도 갑작스럽게 나를 어떤 불가사의한 기분이 스쳤던 것이다. ── 아, 그것은 덧없는 사라짐의 불가사의 같은 것이 아니었다, 그와는 정반대의, 살아남아 존재하는 것의 불가사의였다, 그렇다, 살인자라면 그런 기분을 알 것이라고, 나는 생각했다, 그렇게 나의 아내에게 말하기도 했다, 내가 하필 그렇게 생각한 이유는, 내 생각에, 비록 논리적이지는 않지만 이해되기도 하는데, 그래서 이 생각을 나의 아내에게도 말해 주었는데, 그것은 지금은 죽고 없는 그 모든 이들 때문이라고, 나는 그렇게 생각했던 거라고, 나의 아내에게 이야기했다, 죽어 버린 그 모든 것, 나의 잃어버린 어린 시절 때문이라고, 그리고 나의 부조리한 생존, 적어도 죽어간 그 모든 사람들, 잃어버린 그 모든 것들을 생각하면 부조리할 뿐인 나의 생존 때문이라고, 그렇다, 살인자라면 아마도 그렇게 느낄 거라고, 말하자면 나는 그렇게 생각했다, 그렇게 나의 아내에게도 말했다, 그가 저지른 일을 이미 오래전에 모두 망각한 살인자라면 그렇게 느낄 거라고, 그런 일은 충분히 상상할 수 있으며 그다지 드물지도 않다고, 수십 년이 지난 후이거나, 그 일들을 거의 모두 망각했기 때문이거나, 혹은 단순히 한때의 습관을 기계적으로 되풀이하고 있거나, 범행 현장으로 이어지는 문이 갑자기 열리고, 그곳에 모든 것이 그대로인 것을 발견한다, 시체, 물론 이제 해골밖에는 남지 않았다, 기억을 이루는 비품들의 초라한 윤곽들, 그리고 바로 자기 자신, 비록 그 어떤 것도, 그 누구도 예전처럼 남아 있지는 않다는 것이 아무리 명백하더라도, 한 세대에 걸친 짧은 막간극이 지나면, 그럼에도 불구하고 모든 것이 예전과, 게다가 점점 더, 같아진 다는 것 또한 분명하다, 그리고 이제 그는 그가 알아야 할 것들을 알고 있다, 그를 이곳으로 이끈 것은 전혀 우연이 아니었다는 것을, 그는 심지어 이곳으로부터 결코 벗어날 수 없으리라는 것을, 이곳이 바로 그가 벌을 받아야 하는 장소인 것이다. 그러니 나에게 왜냐고 묻지 말라고, 나는 아내에게 말했다, 죄와 벌은, 그 사이를 오직 현존만이 이을 수 있는 개념들이다, 물론 그것이 그렇게 하는 한에 있어서, 그리고 만약 그렇게 한다면, 그렇다면 이미 현존 자체만으로도 속죄로서 모자람 없이 충분한 것이다, 글로 남아 있는 그대로, 인간의 가장 큰 범죄는 태어난 것이다,[13] 라고 나는 아내에게 말했다. 나는 나의 아내에게 어떤 꿈에 관한 이야기도 들려주었다, 늘 반복되던 오래된 꿈이었으나, 그 무렵까지 꽤 긴 시간 꾸지 않다가 예기치 않게 다시 돌아왔던 꿈. 그 꿈은 그곳에서 전개되었다, 늘 그곳이었다, 늘 똑같은 무대, 바로 저 모퉁이 집. 주위를 다 보지는 않았지만, 그럼에도 나는 충분히 확신한다. 어쩌면 그 담벼락들이 그곳을 알아보게 해 주는 것인지 모른다, 낡고 오래된 집의 육중하고, 으스스한 회색 담벼락들. 그리고 들쑥날쑥 고

---

13) 스페인 극작가 페드로 칼데론 데라바르카의 『인생은 꿈(La vida es sueño)』에 나오는 구절.

태어나지 않은 아이를 위한 기도

133

르지 않은 경사가 급하게 솟은 계단들의 끝에 서 있던 담배 가게. 거기 위쪽에 오르면 마치 쥐구멍 속에 들어선 느낌이었다: 음습한 어둠과 지독한 악취. 하지만 이번 꿈에서는 그 담배 가게가 저 멀리 떨어져, 모퉁이 집의 한쪽 구석 쪽에 놓여 있었다. 그 안에 들어설 이유는 없다. 나는 그 안으로 들어선다. 그 안은 담배 가게가 아니다. 조금 더 밝고, 조금 더 넓은, 훨씬 건조하고 따뜻한, 다락방 같은 곳이다. 거기 그들이 앉아 있다, 콘크리트 바닥에 세워 둔 고물 소파 위에 앉아 있다, 어디선가 알 수 없는 곳으로부터 흘러드는, 어쩌면 천장에 뚫린 채광창으로부터 떨어지는 햇살을 ─ 그 햇살 속에 짙은 먼지들이 이리저리 춤을 추는 것이 보인다 ─ 마주하고 그들이 앉아 있다. 그 방 안의 모든 징후는 그들이 방금 일어나 앉았음을 가리키고 있다, 그 전에 그들은 누운 채로도 나의 방문을 기다려 왔다는 것을, 이미 수십 년 전에 예고되었던 나의 방문을, 무심한 자손, 희망을 말살하는 자손의 방문을. 먼지로 가득한 햇빛 속에 앉아 있는 두 노인, 꾸지람을 한가득 쏟아 내는 두 노인. 그들은 몸을 조금도 움직일 수 없을 만큼 노쇠하다. 그들에게 내가 거기까지 가져간 햄을 건넨다. 그들은 기뻐하면서도, 노여움을 거두지 않는다. 그들이 말을 꺼내는데, 나는 무슨 말인지 알아듣지 못한다. 나의 할아버지는 이미 포장지가 벗겨진 채, 자신의 두 손에 들려 있는 햄을 향해 하얀 수염이 까칠까칠하게 자라난 얼굴을 숙인다. 나의 할머니의 얼굴에는 검버섯이 선명하다. 그녀는 끊이지 않는 두통과 이명증을 호소한다. 그들이 그토록 오랫동안 나를 기다려야만 했던 것에 대해 투정한다. 나는 내가 가져온 햄이 그들에게 얼마나 모자란 것이었는지 깨닫는다. 그들은 지독히 굶주리고 버림받은 사람들이다. 나는 변명을 꾸며 대는 학생처럼, 몇 가지 부질없는 몸짓을 해 본다. 내 마음은 저 계단을 쌓은 돌더미처럼 무겁기만 하다. 마침내 모든 것이 가라앉고, 다시 떠오르고, 사방으로 흩어진다, 마치 하나의 비참한 비밀처럼. 무엇 때문에 우리는 영원히 치욕을 직면한 채 살아야 하는 것일까? 이 말을 나는 그때 적어 두었다. 그 시기부터 내가 인용구들을 모으기 시작했는데, 그것은 지금까지 꾸준히 늘어만 가고 있다. 한 장 한 장 쪽지에 적어 모아 둔 인용구들은 클립으로 묶여, 나의 책상 위 쪽지들 사이에 던져져 있다. 친구들이여, 우리의 젊은 날은 혹독했노라: 우리는 극심한 질병과 같은 젊음, 그 하나로 고뇌했노라, 그 쪽지들 사이 한 장에 그렇게 쓰여 있는 것을 내가 읽는다. 가족이여, 난 당신들을 증오하오! 또 다른 쪽지에서 읽는다. 죽음의 근원인 어린 시절에 우리 자신을 바치는 것, 나는 읽는다, 지배라는 개념은 어떤 경우에도 공포 정치를 의미한다, 그리고 나는 나의 말 하나를, (토마스 베른하르트의) 이 말에 덧붙인 나의 말을 읽는다: "그리고 공포 정치는 어떤 경우에도 아버지의 지배를 의미한다." 그러고는 내가 쪽지에서 읽은 것은 겨우 나 자신의 메모뿐이다: "양육의 의무는 내가 결코 ……과 합일을 이루어 낼 수 없는 것인데……", "현혹으로 다른 누군가의 꿈들에 영향을 미치고, 다른 누군가의 인생에서 어떤 역할, 아버지의 역할, 즉 숙명적인 역할을 한다는 것은, 진정한 공포 가운데 하나로, 그 끔찍한 광경은……", "(나의 어린 시절에, 그리고 그 이후로도) 나 자신을 규정하는 것은 항상 모든 것이 죄(罪)였다, 그리고 나 자신을 부정하고 죽이기 위해 했던 것은 항상 모든 것이 덕(德)이었다……", "할머니는 항상 입에서 고약한 냄새가 났다. 정말이다, 그녀의 숨결에서는 나프탈렌 냄새가 났다. 요제프바로시에 있는 집의 냄새. 군주제의 시대착오적인 냄새. 그 집의 어둠은 그 시대의 어둠이다, 1930년대로부터 물려받은 어둠, 이후 서서히 질병으로 악화된 어둠. 어두운 가구들, 일상이 누구나 보는 가운데 전개되는 공동 주택, 우유를 넣은 커피 한 잔과 빵 한 조각으로 때우는 저녁, 주발에 부숴 넣은 무교병(無酵餠)[14], 등화관제, 어둠 속에서 신문을 읽는 나의 할아버지, 암울하고 부패하고 흉악한 생각들이 구석구석 은밀하게 감춰져 있는 듯한 벽장. 매일 밤 반복되는 빈대 잡기……", "서서히 나는 너를 가두려 하고 있다, 너와는 아무 상관도 없는, 하지만 시간이 지남에 따라 벗어나기 어려운 장벽처럼 네 주위를 에워쌀 이 모든 이야기들로……" "그리고 어린 시절의 비참함은 또 어떠했던가, 나는 어서 어른이 되고 싶어 얼마나 조급해했던가, 왜냐하면 나는 어른들이 사디즘으로 둘러싸인 자신들의 세계에서 완벽히 안전하게 살기 위한 비밀 동맹을 맺고 있다고 생각했기 때문이다……" 등등. 그 아침들, 나는 나의 아내에게 그 아침들에 관한 이야기를 들려주었다. 비가 모두 망쳐 버리는 아침들, 반

---

14) 누룩을 넣지 않고 만든 빵. 유대인들이 출애굽의 수난과 하나님의 은혜를 기념하기 위하여 유월절 다음 날부터 칠 일 동안 만들어 먹는다.

갑지 않은 비가 내리는 월요일 아침이면 아버지는 또 다른 한 주를 보낼 기숙 학교로 나를 데려다 놓았다. 나의 기억 속에서 월요일 아침은 한결같이 기분 나쁜 비가 내렸던 월요일 아침으로 남아 있는데, 물론 그것은 도저히 있을 법하지 않은 일이지만 그렇게 각인되어 버린 것이라고, 나는 아내에게 말했다. 나는 기억한다. 그렇게 반갑지 않은 비가 내리던 어느 월요일 아침 갑작스레 잠에서 깬 나는 모든 것을 그 자리에 그대로 놓아둔 채, 내가 해야 할 일을 놓아두고, 그 집이 있는 구역을 향해 길을 나섰다, 엄밀히 말하면 그 공동 주택이 서 있었던, 혹은 공동 주택이 서 있었다고 내가 기억하는 구역을 향해 길을 나섰다, 말하자면 작은 탑, 풍향계, 정교한 레이스 장식과 뾰족한 지붕이 달린 동화 속 집들이 모여 있는 구역을 향하여. 이런 작은 탑과 뾰족한 지붕, 풍향계가 달린 동화 속 집들 가운데 한 곳에 기숙 학교가 들어서 있었다. 내가 우산을, 우리가 사는 이 세상의 기괴함의 빛나는 상징인 우산을 접고 났을 때, 머리카락이 살짝 세기 시작한, 차분한 얼굴의 남자가 체크무늬 모자를 쓰고, 빗물이 뚝뚝 듣는 우산을 들고, 나의 복잡한 고뇌와 그보다 더 복잡한 기쁨이 깃든, 이 몰락하는 건물 안으로 발을 들여놓았다, 그날 저녁 나는 아내에게 이야기했다. 이것이 승리일까? 아니면 패배일까? 도대체 나는 이 남자를 어떻게 받아들였던 걸까, 그날 저녁 나는 아내에게 가벼운 농담처럼 말했다, 내가 그 남자를 인지하기는 했던 걸까, 만약 내가 그 남자를 알아챘다면, 아마도 그저 그를 학교에 찾아온 장학사 혹은 학교 운영 이사회나, 상급 관청에서 나온 공무원 정도로 생각했을 것이라고. 어쩌면 그를 학생이나 심술궂게 괴롭히는 바이올린 선생님쯤으로 생각했을 수도 있다. 틀림없이 나는 그에게서 어떤 거슬리는 점을 즉각 알아차렸을 것이다, 금세 눈에 띄는 우스꽝스러운 점, 예컨대 그는 아이들과 이야기를 나눌 때, 마치 어느 성 범죄자처럼, 뻣뻣하고도 고상해 보였다고, 나는 나의 아내에게 말했다. 아무것도, 그 어떤 것도, 이 이질적이고 엉망진창인 인물에게서 느껴지는 그 어떤 것도 내가 어른에 대해 그렸던 꿈들과는 부합하지 않았다, 기껏해야 나는 그의 우쭐함에 부러운 마음을 느꼈던 터인데, 그 우쭐함의 실체가 실은 그저 어른이기 때문에 갖는, 우쭐함을 가장할 뿐인 열등감이라는 것은 짐작하지도 못했다고, 나는 나의 아내에게 말했다. 나는 그 집을 찾았던 일에 관하여 몇 줄을 나의 노트에 적어 두기도 했었다, 그리고 그 노트로부터 다시 몇 줄을 지금 여기 이 노트로 옮겨 적고 있다. "나는 기숙학교에 갔었다."라고 썼다. "그곳은 황폐했다, 집들, 우리의 삶, 세상, 그 모든 것처럼"이라고 썼다. "벽에 걸려 있는 추모 명패 하나를 보고 깜짝 놀랐다. 그곳에 쓰여 있기를: 이곳에 살았고, **영향을 남겼으며** 그리고, 그리고 등등. 교장 선생님. 교장. 땅딸보(우리들, 학생들은 그를 그렇게 불렀다). 그가 어엿한 학자라는 것을 누가 생각이나 했겠는가! 이제, 우리가 살고 있는 이 세기에는 이런저런 졸렬한 저작들도 학문이라 불리고 있다. 정원은 폐허 더미 속에 황폐했다. 기숙 학교는 주거용 건물로 개조되어 있었다. 기분 좋게 미끄럼을 타곤 했던 널찍한 돌난간이 달린, 건물 입구의 웅장한 계단에서는 너무도 많은 은밀한 사건들이 일어났다, 특히 저녁 무렵에, 아이들이 급우들과 함께 서로서로 밀치면서, 잠자리에 들기 위해 위층으로 올라간 뒤, 모든 소곤거림과 느낌과 욕구를 덮어 버리는 눈송이처럼 눈꺼풀 위에 내려앉는 피곤을 꾹 누르며 달래던 저녁이면 그런 사건들이 일어났다(내가 갑작스럽게 고열에 시달렸던 그날도 그랬다. 나보다 열 살쯤 많았던, 농부의 아들 실바시가 두 팔로 나를 안고서는 위층으로 데려가 너는 어느 방에서 취침하고 있니, 라고 물었을 때, 나는 대답을 할 수 없었다, 취침하다라는 말을 다섯 살배기였던 나는 그때까지 한 번도 들어 보지 못해 말뜻을 이해하지 못했기 때문이다), 이 건물 입구의 계단이, 이제는, 그런 사연들은 다 놔두고, 몹시 더러워져 있었다…… 숙소에 붙인 번호들이 떨어져 나가고, 집주인들이 하나둘 바뀌고…… 교장 선생님의 사택. 교장이 살았던 집. 무서웠던 집, 늘 정적이 흘러 그 앞에 가면 우리도 모두 입을 꾹 다문 채 발끝으로 걸어야 했던 집. 번쩍이는 황동 손잡이가 달렸던 출입문에는 회색 알루미늄 손잡이가 매달려 있었다, 마치 엉덩이를 걷어차는 승리의 발길질처럼…… 층과 층 사이, 중간층에 있던 공부방들. 이곳에서 그닥 주목받지 못하던 하급생들과 부러움의 대상이었던 상급생들이 오후의 자율 학습 시간이면 함께 모여 그들의 교과서에 머리를 파묻곤 했다. 신경을 곤두세운 채 감독에 여념이 없는 당직 교사. 대수학 과목 숙제들의 경외심을 불러일으킬 만큼 난해하고, 중요한 문제. 지금은 이 공간에 여러 가구가 입주해 살고 있다. 갖가지 음식 냄새로 가득 찬, 부산하고 떠들썩한 가족의 삶…… 모든 견고한 형식의 와해와 쇠락. 분해하는 힘으로서의 일상성, 죽음으로서의 궁극의 결말…… 지하실, 식당, 체벌용 독방, 휴게실(탁구). 그리고 무엇보다도 회합을 위한 장소. 그곳엔 아무도 들어가지 않았다. 게시판 위에 적혀 있는 것: 영화 클럽, 입장권, 그리고, 그리고. 여기까지다, 그러면 이제 식당을 머릿속에 그려 보자. 이것이 조금 낫다: 소위 현실성(그들의 현실성)이라는 것이 나를 그다지 방해하지 않는다. 높다란 창문들로 환한 빛이 쏟아져 들어오는, 엄청나게 넓은 지하 식당에는 하얀 식탁보가 덮인 긴 테이블들이 나란히 줄지어 늘어서 있다. 아침 식사! 하루의 유일하고도 소중한 의식(매주 토요일의 회합을 제외하면), 엄격하면서도 어딘가 비현실적인. 나의 지정석에는 한 벌의 아침 식사용 식기, 로마 숫자 I이 찍힌 냅킨 링 속에 로마 숫자 I이 찍힌 나의 냅킨이 들어 있다: 이곳에서는 그것이 나의 번호였다, 다른 시간, 다른 장소에서 나에게 다른 숫자들이 부여되었던 것처럼(요즘엔 열한 자리 숫자가 내 이름을 대신하여 쓰이고 있는데, 알려지지 않은 미궁의 푸가로, 나의 그림자처럼, 나의 또 다른, 비밀스러운 ─ 그에 대해 내가 아무것도 모르는 ─ 자아처럼, 비록 내가 나의 삶으로 그것을 대신하고 있으며 그것의 쓰임, 그것으로 행해진 일이 나에게는 재앙이 되어 버리긴 했지만 말이다.) 그나마 이 로마 숫자 I은 정말 고요한 시작이었던 것이다, 문명의 여명처럼 우아하고 상서로운. 나는 그 기숙 학교에서 가장 어린 학생이었다…… 그리고, 그리고. 우리는 각자의 자리에 서 있었다, 깨끗이 씻은 말쑥한 모습으로, 맑은 정신으로, 배고픔을 느끼며. (항상 나는 배가 고팠다, 항상) 식탁의 끝에는 교사가 앉아 있었다, 모든 식탁의 끄트머리에는 교사가 한 명씩 앉아 있었다, 그가 나직하게 기도문을 읊조렸다. 짧막하고, 주의 깊고, 이렇게 말해도 좋다면, 외교적 수사와도 같은 기도문. 그는 자신의 기도문이 유대인들만의 의식이나, 혹은 기독교적 교리에만 부합하는 것은 아닌지, 달리 말하면 그의 기도문이 유대교에 부합하는 동시에 기독교에도 부합하는지, 모든 신들에게 골고루 환희를 주는 것인지, 늘 주의 깊게 살펴야 했다. 우리 주님, 우리의 일용할 양식을 주시옵고 —— 정확하게 일치하지는 않겠지만, 아무튼 그런 방식의 기도였다고 말해 두자. (한편 나는 저녁마다 독일어로 짧은 기도를 올렸다: 뮈데 빈 이히, 게 추어 루[15] 등.) 나는 단 한마디도 알아듣지 못했다, 그렇지만 그것을 빠르게 배웠다, 그리고 그것과 함께 기도의 단조로움이 마음을 가라앉혀 준다는 것을 배웠다, 반복에의 집착, 이 기이한 위생 관념을…… 배웠다, 가령 이따금 기도를 건너뛰는 일은, 이따금 양치질을 건너뛰는 일이 미치는 악영향보다 훨씬 더 심각한 상처를 나의 영혼에 남기게 되리라는 것을. 기억을 다시 더듬어 보자면, 내 어린 시절의 확고하고, 강박적이고, 독특한 신앙심은 그 본질에 있어서 애니미즘이었다, 그것을 깨닫게 된 것은 나중에 그 전부를 꿰뚫는 시야가 생긴 후의 일인데, 아버지가 나의 교육을 떠맡고 난 후, 내 기억이 정확하다면, 내가 아마도 열 살은 훌쩍 넘은 뒤의 일이다…… 그다음

---

15) 'Müde bin ich, geh zur Ruh!'는 '졸음이 와요, 잠자러 가요!'라는 뜻의 독일 자장가 가사.

이야기를 계속하면…… **체벌용 독방.** 벌레들이 들끓는 캄캄한 헛간. 한번은 그곳에 갇힌 적이 있었다. 나는 그것을 침착하게 받아들였다. 혼자 있는 것에 대한 나의 애착. 아픔을 견디는 것에 대한 나의 애착. 몸에 오른 열기가 주는 도취. 조숙한 데카당스. 혹은 그저 정당한 낯가림이었던가? 기숙사의 커다란 공동 숙소에서 혼자 나른한 행복에 취해 누운 채, 태양이 정원에 서 있는 밤나무 꼭대기에 도달하는 동안, 굴하지 않는 걸음걸이로, 꼬리의 끝을 말아 올린 고양이 한 마리가 맞은편, 굴뚝이 솟아 있는, 복잡한 은신처와 함께, 형언할 수 없는 모험으로 가득한 지붕 위를 살금살금 배회하는 것을 바라보고 있다. 오후 내내 내장에 돌덩이가 하나가 들어 있는 것 같더니 저녁에 갑작스런 위경련이 일어났다: 계단을 오르는 발소리들, 복도를 점점 더 크게 울리는 발소리들. 다른 아이들. 그들이 온다, 고 나는 혼잣말을 했다, 창백해져서, 마치 그것이 나에게 무슨 재난 통보라도 되는 것처럼. 어쨌거나, 위경련. 빈혈 때문에 오전에 **특별히 더 마셨던** 우유 때문이다. (오래전 쓰이던 우유병들은, 이미 잘 알려져 있듯이, 무르고 견고하질 않았다, 마치 그 굵직한 세로선 무늬가 새겨진 매끈한 표면에 맺혔던 물방울들처럼.) 나는 우유를 무조건 마셔야 했다. 그러고 나면 오랫동안 배가 아팠다. 위가 아팠다. 다시 일어설 수 없이 얻어맞은 것처럼 나는 배를 움켜쥔 채 바닥에 구부러져 있었다. 결국은 **독방** 안에서 자기 연민이 나를 덮쳤다. 때가 되었다, 나는 잘 알고 있었다, 자물통에서 열쇠가 찰칵 소리를 내고, 그들이 나를 방에서 꺼낼 때 얼굴에 슬픈 표정을 지어야만 한다는 사실을 알고 있었다, 그들이 상상한 고통을 내가 겪었다는 사실을 보여 줌으로써 그들에게 흡족함을 주어야 했다. (이런 작은 속임수들을 내가 본능적으로 쓸 줄 알았다는 것 — 그것이 타고난 영악함이었든, 혹은 그저 아주 어릴 때 미리 습득해 버린 의뭉스러움이든 — , 그것은 말하자면 그 교육이 성공적이었으며 결실도 맺었다는 의미가 아니었을까?) ……그때 나는 이미 오래전부터 꿰뚫어보고 있었다, 한 어린아이에게 이 세상은 얼마나 추악한 곳인지 말이다(내가 미처 모르고 있었던 것은, 그 이후의 삶에 있어서도, 나 스스로가 달라지지 않는 한, 달라질 것은 아무것도 없다는 것이었다.) …… 그리고 숱한 두통들. 그들에 대해서는 반드시 언급해야 한다. 정확한 명칭으로는 편두통. 그것이었다. 나는 움직일 수조차 없었다, 꾹 감고 있는 눈꺼풀 사이로 스미는 빛 때문에 욱신욱신 아팠다. 감히 그 누구에게도 이 통증에 대해 말할 용기를 내지 못했다. 다른 사람들이 내 말을 믿어 줄 거라고, 믿을 수 있을 거라고, 그것은 믿을 만한 일이라고, 나는 생각하지 않았다. 나는 그것 역시 오직 나의 은밀한, 즉 비밀에 붙여야 하는 죄라고 믿었다, 다른 것들처럼, 모든 다른 것들처럼. 결국 나는 통증을 느끼면서도 나의 머리가 보이는 증세조차 믿지 않았다. 여기에 또한 교육이 거둔 하나의 성공이…… 신중하게 생각해야 했던 것은, 다섯 살부터 열 살이 될 때까지의 그 모든 것이 그랬던 것처럼, 끝까지 견디는 것이었다. 거의 상상조차 할 수 없는 일. 대체 어떻게? 명백하게 다른 사람들, 다른 모든 사람들에게 그랬듯이, 난폭하고 비이성적인 쇠망치를 수단으로 나의 이성을 억누르며. 광기를 수단으로, 지배자의 광기에서 떨어져 나온 (혹은 그 둘을 다시 하나로 합치는) 노예의 광기를 수단으로. 첫 번째 비이성적 단서는 부모의 이혼이었는데, 그것의 결과, 내가 기숙 학교를 가게 되었던 것을 생각하면 그것을 언급하지 않을 수 없다. 그분들에게 이혼한 이유를 내가 캐물을 때면, 아버지가 내놓는 답이나 어머니가 내놓는 답은 한결같았다: 우리는 서로를 이해하지 못했단다. 어째서? 두 사람 모두 헝가리어를 쓰지 않는가, 라고 나는 생각했다. 그들이 어째서 서로를 이해하지 못했는지를 이해하는 일, 그것은 나에게는 불가능했다, 왜냐하면 그들이 한때 서로의 말을 알아들었던 것은 분명하기 때문이다. 그럼에도 그 말이 다였다, 마지막 설명, 그 이상은 아무것도 허용하지 않는 한계선이었다: 그 이면에는 뭔가 심각하고, 복잡하며, 아마도 불결한 비밀, 언제든 나에게 우길 수 있는 비밀이 숨어 있을 거라고, 나는 추측했다. 그것은 운명과 비슷했다: 나는 그것을 받아들여야 했다, 내가 그것을 이해하지 못할수록, 오히려 그것을 더 깊이(그것이 더욱더 운명적이었으므로) 받아들여야만 했다. 또 하나의 비이성적 단서: 아버지와 함께 전차를 타고 일정한 주기로 어딘가에 갔던 일. 우리가 어디로, 누구에게, 왜 갔던 것인지, 지금은 더 이상 기억나지 않는다. 그 모든 일들은 부모의 이혼에 비하면 아무것도 아니었다. 그럼에도 우리가 하차하곤 했던 정거장은 기억난다, 그곳에서 내려 아버지와 나는 전차가 달려온 방향으로 한참 더 걸어야만 했다. 전차를 한 정거장 더 타고 가서, 단지 몇 걸음 되돌아가는 것이 낫지 않냐고, 나는 아버지에게 내 생각을 말했다. 아버지의

대답: 나는 되돌아가지 않는다. 나의 물음: 왜 안 그래요? 아버지의 대답: 내가 되돌아가지 않으니까. 또다시 나의 물음: 그러니까 대체 왜 안 그래요? 다시 아버지의 대답: 나는 되돌아가지 않는다고 내가 말하고 있잖아. 나는 아버지의 완고함에서 어마어마한 깊이를 느꼈다, 다만 그것의 의미는 해석할 수 없었다. 마치 공공연히 드러난 어떤 비밀을 마주한 것처럼, 나의 이성은 그 자리에서 무너져 완벽하게 속수무책이 되었다. 결국 다른 가능성은 없었다, 나는 이해할 수 없는, 그럼에도 불구하고 논쟁의 여지도 없는, 나의 아버지가 주장하는 원칙과 그가 나에게 휘두르는 힘을 받아들일 수밖에 없었다. "관계의 체계적이고, 배타적인 형태로서의 노이로제와 폭력, 생존의 유일한 가능성으로서의 순응, 일상의 실천으로서의 복종, 최종 결과로서의 광기", 라고 나는 기록했다. 이전의 문화는 폐허 더미로 부서지고, 마침내 잿더미가 된다, 그러나 그 잿더미 위로 유령들이 떠다닐 것이다, 그렇게 내 쪽지들 가운데 하나에 쓰여 있었다(비트겐슈타인), "······ 그리고 내가 거기, 우산을 펼치고 그 아래 서 있었던 것, 그리고 이 시설, 이 부유하고 저명한 공립 남학생 기숙 학교의 거북한 비밀, 바로 지금 이 축축한 가을 공기에도 여전히 떠돌고 있는 그 비밀스러움이 나의 마음을 얼마나 혼란스럽게 했는지, 오래된 납골당을 둘러싼 음산한 침묵이 그 순간 갑자기, 뭐라 표현하면 좋을까마는, 나에게 어떻게 밀어닥쳤는지, 마치 모든 것에 침투해 있는 림프액처럼, 언젠가 존재했던 이 문화, 이 가부장의 문화, 세상을 움켜쥐었던 이 아버지 콤플렉스가 나에게 어떻게 몰려왔던 것인지", 라

고 나는 썼다. 이후 나는, 책을 읽다가 기숙 학교, 신학교 또는
사관 학교에 관한 묘사에 맞닥뜨리게 될 때면, 거기서 나는
마치 '나의 기숙 학교'를 다시 만난 것 같은 느낌을 받았다, 비
록 그곳이 훨씬 익숙하고, 어딘가 더 부조리하고, 전체적으로
는 더 도착적인 것이었지만 말이다, 나는 여러 해가 지나고 나
서야 비로소, 모든 것에 마침표를 찍는 치욕의 거울 속에서
그것을 실제로 온전하게 이해할 수 있었다고, 나의 아내에게
말했다. 그것은 단순히 외부 세계의 원칙들을 모방했을 뿐인
데, 이 원칙들로부터, 그것이 습관에 의한 것이든 혹은 어떤
우스꽝스러운 착오에 의한 것이든, 혹은 우스꽝스러운 착오가
되어 버린 습관에 의한 것이든, 그것으로부터 하나의 통치권
을 이끌어 냈다, 라고 나는 나의 아내에게 말했다. 학생들이
기거하는 방의 벽면에는 헝가리를 강탈한 자들이 걸려 있었
다: 왕과 황제, 총리와 장관 들 사이에 그 당시 국가 원수로 선
출된 남자의 반신상이 걸려 있었는데, 그는 해군 제독의 모자
를 쓰고, 어깨에 술이 달린, 근원을 알 수 없는 제복을 입고
있었다고, 나는 아내에게 말했다. 그렇게 나의 내면에서 서서
히 어떤 의혹이 일었는데, 라고 내가 나의 아내에게 말했다,
그것은 앵글로색슨의 행정 원칙과 앵글로색슨의 교육 원칙이
그 기숙 학교의 운영에 영향을 미쳤을 거라는 의혹이었다, 오
스트리아-독일, 혹은 오스트리아-헝가리, 혹은 독일-오스트
리아-헝가리로 합병된 유대인 소수 민족의 영향을 받았을 것
이다; 그리고, 내가 나의 아내에게 말했다, 어쨌거나 이곳에서
는 세계 제국의 엘리트 대신 부다페스트의 소시민, 중산층, 그

리고 하층민들이 양성되었다는 차이는 있었다. 스파르타식 원칙은 스파르타식 급식에서 일찍이 드러났는데, 앵그로색슨의 전형으로부터 영향을 받은, 학식 높은 기숙 학교 운영진들이 아이들이 먹어야 할 것들을 ─ 그것도 명백하게 천재적인 유전자 덕을 보며 ─ 절취했던 것이라고, 나는 나의 아내에게 말했다. 나는 아내에게 기념 명판에 대해서도 언급했다. 그것들이 나를 얼마나 당혹스럽게 했는지에 대해서. 내가 원한다면, 나는 아내에게 말했다, 그들에 대해 더 많은 내용, 말하자면 그 기념 명판들과 그들이 만들어진 계기와 기타 등등에 대해서 더 많이 알 수 있겠지만, 나로서는 여하튼 그 이상 알고 싶은 것이 전혀 없다고. 아무도 부인할 수 없는 사실은, 이 남자를, 그러니까 우리 기숙 학교의 교장이자, 학교의 소유주였던 이 남자를 어마어마한 권위가 둘러막고 있었다는 것인데, 그가 가진 권위에는 그럼에도 불구하고 고귀한 것들에 마땅히 주어지는 진정한 존경의 흔적조차 없었으며, 대신, 이와 같은 권위들이 으레 그렇듯이, 잘 조직된 공포가 자리 잡고 있었을 뿐이라고, 나는 나의 아내에게 말했다, 비록 그가 무섭다기보다는 우스꽝스러운 외모를 가지고 있었음에도 말이다(이 부분에서 나는 그를 별명으로 불렀다: 아이들이 그에게 붙여 주었던 별명, 땅딸보), 그는 길고 텁수룩하며 누렇게 색이 바랜 하얀 턱수염에, 하얀 머리카락을 길게 흩날리고, 거대한 수박을 회색 조끼 아래 깊숙이 품고 있기라도 하듯이 볼록 솟은 배를, 마치 특별한 신체 부위인 양, 내밀고 있었다고 말했다. 어쨌든 이게 전부다, 더는 상상할 것이 없다, 라고 나는 나의 아내에게 말했다, 그의 잔인한 행동이나, 무례한 언사가 우리에게 공포를 불러일으킨 것은 아니었다고. 왜냐하면 공포라는 것은, 여보, 나는 나의 아내에게 말했다, 다양한 변수들로 작동되는 것인데, 그것이 세계를 지배하는 질서로 굳어지면, 그것은 드물지 않게 단지 미신에 불과한 것이 되어 버리지. 교사들은 교장을 두려워하거나, 적어도 두려워하는 것처럼 행동했다. 교사들은 뭐든 그의 의견부터 구하는 듯했지만, 그가 나타나면 귓속말을 하거나 쉿쉿 신호를 주고받거나 몸을 움츠리곤 했다. 교장! 교장 온다! 그가 실제 나타나는 일은 드물었다. 마치 전능한 성채에서 하사되는 것처럼, 기숙학교 건물의 2층에 있던 그의 사저로부터 그의 지시와 전갈과 바람 들이 당도하곤 했는데, 그들 대부분은 그가 입 밖에 낸 적도 없었을 것들을, 다른 이들이, 말하자면 지레짐작으로, 그의 생각인 양 전달한 것이었다. 우리의 삶은 이 성채의 신호 속에 흘러갔다, 항상 성채를 향해 얼굴을 들고, 성채를 엿보며, 성채의 그림자 속에 비굴한 모습으로 살았다. 그곳엔 아무도 그것의 근간에 대해 의문을 제기하지 않았던 엄숙함이 지배했다, 공식적으로는 평온함을 가장했으나 모두를 짓누르는 엄숙함이었다. 확고한 교칙을 따르는 정신, 스포츠맨십의 정신, 다가올 시험, **상급생들**이 치러야 하는 졸업 시험에 임하는 정신. 하나의 현대적인 정신. 그러나 고전적인 전통들로 가득 차 있는. 민족주의적인 교과 과정, 민족주의적인 선언, 민족주의적인 애도, 민족주의적인 공언과 같은 것으로, 가득 차 있는. 우리들 사이에서 떠돌던 전설을, 지하에 있던 부엌에서 뒤편 통로를 통해, 곧장 성

채로 통하는 계단으로 운반된 음식들에 관한 전설을 기억하고 있다고, 나는 아내에게 이야기했다; 교장과 그의 가족들을 위한 점심 혹은 저녁으로 어떤 음식들이 올려지는지 목격하는 누군가가 늘 있었다, 우리들은 기껏 국물 있는 파프리카 양념 감자에 소시지 네 조각을 잘라 넣거나, 저녁 식탁에 차와 함께 제공되는 비스킷 다섯 조각을 먹는 것이 고작이었을 시간에 말이다. 그런데 특권이라는 것은, 여보, 나는 나의 아내에게 말했다, 우리가 이미 알고 있다시피, 그저 권위를 강화시키려 할 뿐이야, 그리고 증오가 뒤섞인 경외심, 우리 아랫것들이 권위의 현현 앞에서 보여 주는 경외심 같은 것은 우리 삶의 일반적인 이중성에 너무 잘 들어맞는 것이지. 비록 엄숙함이, 나는 나의 아내에게 이야기했다, 때때로 시끄러운 소음과 함께 무너지며 파렴치한 비웃음으로 가득한 심연으로 추락하기도 하지만, 그 심연으로부터 거기 둥지를 튼 악마들의 미친 환호성이 들려오고, 그리고 몹시 훼손된 상태이지만, 그럼에도 위용을 갖춘 전함의 잔재가 건져 올려지는 것처럼, 낡은 정권, 성채, 질서는 끊임없이, 거듭 새롭게 떠오를 것이라고. 스캔들, 나는 나의 아내에게 이야기했다, 하나의 스캔들이라고, 사람들은 그와 같이 저지할 수 없으며, 언제나 예기치 못한 순간에 터지는, 그리고 소위 음탕한 타락을 스캔들이라고 부르는데, 술에 취한 한 남자가 한동안 자신을 엄격하게 지켜 온 이후, 갑자기 유혹에 넘어가서는, 긴장을 풀고는 땅바닥에 털썩 주저앉는 상황을 머릿속으로 그려 보라고, 아내에게 말했다, 그렇다, 정확하게 이 탈선들이 그랬다고, 덧붙이자면, 이 남자의 맨정신 또한 그의 탈선이나 발밑에서 휘청거리는 땅바닥과 다르지 않았다고, 여기서 맨정신은 그저 한층 고양된 만취 상태였을 뿐이라고, 나는 나의 아내에게 말했다. 이러한 스캔들 가운데 하나를, 나는 아내에게 들려주었다. 가장 특징적이었던 스캔들 하나를. "꼬챙이"라고 불린, 이 홀쭉한 체구의, 무쇠처럼 엄격한 중년의 교육자가 어느 날 아침 학생들의 숙소에 들이닥쳤다가 우리들 가운데 한 명, 상급생 하나, 열일곱 살 소년 ─ 그의 새하얀 치아와 생기발랄한 얼굴, 갈색의 긴 머리카락과 웃음을 나는 아직 기억하고 있다 ─ 이 없는 것을 발견했을 때의 일이라고, 나는 나의 아내에게 말했다. 그와 거의 동시에(어쩌면 그보다 먼저) 그는 복도 끝에 있는 작은 방이 열리지 않는다는 것을 발견했다, 그것은 단단히 잠겨 있었다, 그것도 안쪽에서 잠겨 있었던 것이다. 그와 거의 동시에(어쩌면 그보다 먼저) 식당으로부터 그 "새로 온 여자아이"가 보이지 않는다는 전갈이 도착했다, 이 소녀에 대해서도 나는 아직 기억하고 있다, 그녀가 시녀용 앞치마를 두른 채 우리들의 급식 시간에 일하던 모습, 실은 그저 곱슬곱슬한, 그 아이의 금빛 머리카락과 매우 전형적인 모습, 말하자면, 전형적인 미소를 기억하는 것이지만 말이다. 아마도 그 전날 저녁 무렵부터 그들은 안에서 문을 걸어 잠그고 있었고, 그대로 잠이 들어 버렸던 모양이었다. "꼬챙이"가 문을 세차게 두드렸다. 안절부절못하는 거동 소리와 나지막한 소곤거림이 잠깐 들려온 뒤로 안쪽에서는 아무 소리도 나지 않았다. 문은 열리지 않았다. "꼬챙이"는 교칙을 어긴 자들에게 경고를 보냈다. 바로 그때 교장이 나타났다. 그의 얼굴은 벌겋게 상기되어 있었다, 턱수염과 머리카락은 흩날리고 있었고, 배는 위아래로 출렁거렸다, 그리고 우리들, 의뭉스러운 아랫것들은 벽 쪽으로 바싹 물러서며 그에게 길을 터 주었다. 그는 게슈타포처럼 문의 손잡이를 세게 흔들어 댔고, 마치 싸구려 코미디에 등장하는, 바람난 아내에게 배반당한 남편처럼 두 주먹으로 문짝을 두드렸다. 그 뒤에 내가 기억하는 일은 그저 공개적인 처분(그 여자아이는 그 자리에서 바로 내쫓겼다), 궤변에 가까운 말들, 위엄이 잔뜩 밴, 교활한 설명들, 우리 모두가 그 **상급생** 편을 들었다는 것, 그리고 우리 모두가 침묵했다는 것이었다. 당연히 그랬겠지, 라고 당신은 말할 수 있을 거야, 라고 나는 나의 아내에게 말했다. 이제는, 당시 내가 느꼈던 죄책감, 죄의식, 공포와 수치심, 그 일의 전 과정을 지켜보는 동안 느꼈던, 목을 조이는 그 무엇이 어디에서 기인한 것인지 알고 있다. 아버지를 대신했던 이 가부장적인 기숙 학교에서 내가 어떤 종류의 의식을 목격하고 있었는지를 알고 있다: 나는 일종의 **공개적인 거세를 목격하고 있었던 것이다**, 우리를 겁박하기 위해, 우리들의 **협조로** 벌어지고 있는 거세를, 즉 말하자면, 우리는 **우리를 겁박하기 위해, 우리들 가운데 한 명을 거세하는 일에 협력하고** 있었던 것이다, 다시 말하면 그들은 이 과정을 통해 우리를 극단적으로 변태적인 행위의 극단적으로 변태적인 참여자로 만들었던 것이라고, 나는 나의 아내에게 말했다, 그리고 그들이 그 일을 과학적으로 해냈든, 혹은 그저 관행에 따라, 순전히 **교육용 관행에** 따라, 파멸을 초래하는 교육의 파멸을 초래하는 관행에 따라 저질렀든, 나와는 아무 상관도 없는 일이라고, 나는 나의 아내에게 말했다. 혹은 매주 토요일 오후에 있었던 점호 시간도 하나의 예가 될 수 있다고, 나는 나의 아내에게 말했다. 그것에 대해서도 머릿속에 그려 볼 만할 거라고, 그녀에게 말했다. 우선 식당에서 쓰는 긴 식탁 몇 개를 한 줄로 늘어세워 끝이 보이지 않는 긴 테이블을 만들고, 그 위에 새하얀 식탁보를 덮었다. 그 모든 일은 식당에서 행해졌다. 우선 우리, 학생들부터 식당 안으로 들여보냈는데, 우리는, 대오를 갖추어 입장하자마자, 이 끝없이 길고, 텅 비어 있는, 하얀 식탁의 행렬, 그리고 그 뒤에 세워진 의자들과 마주 보게 되어 있었다. 갑갑함이 마치 형체를 가진 어떤 물질처럼 우리를 짓누르기 시작했다. 그다음 누군가, 대부분은 하위직 교사 가운데 한 명이지만, 하위직 피고용인 가운데에서 조금 높은 직급을 가진 사람일 수도 있는 누군가가 커다란, 검은색 표지의 책, 즉 심문 일지를 가지고 와서는 그것을 탁자 한가운데 말없이 내려놓았다. 그러고는 기다림이 다시 시작되었다, 의자들과, 테이블과 하얀 테이블 위에 검게 펼쳐진 채로 말이 없는, 악의에 차고, 천박한 심문 일지를 마주 보고 선 채, 점점 절망적이 되어 가는 기다림이 이어졌다. 바로 그 순간, 여기저기서 동요가 꿈틀대고, 탄식이 새어 나오기 시작하는, 그렇다, 모든 것이 무너지려는 그 순간에 교직원들을 뒤에 거느리고 교장이 들어섰다. 모두 자리에 앉았다. 죽은 듯한 침묵. 안경을 콧등에 얹기. 누군가의 헛기침과 의자의 삐걱거림. 바로 그때, 긴장감이 더 이상은 고조될 수 없을 듯한 순간에 묵시록 같은 그

검은 책이 펼쳐졌다. 모두의 이름이 그 안에 적혀 있었다, 그리고 한 사람 한 사람의 모든 비행들, 모든 선행들이 그 안에 있었다. 순서대로 이름이 호명되었다. 이름이 불린 사람은 앞으로 걸어 나갔고, 그러곤 탁자 뒤에 좌정하고 있는 학교 관계자들과 자신이 방금 떨어져 나온 동료들 사이의 공간에서 홀로 와들와들 몸을 떨었다. 누구나 자신의 선행과 과오를 대략 파악하고는 있었을 것이다, 그럼에도 불구하고 불안에 떨면서, 예상을 벗어날 모든 상황에 대비하고 있었다. 교장은 호명된 학생에 관한 주간 기록을 말없이 읽고는, 오른쪽으로 한 번 고개를 돌렸다가 왼쪽으로 한 번 고개를 돌리며 작은 목소리로 교사들의 의견을 구하는데, 교사들은 교장의 말에 귀를 가까이 대기도 하고, 입을 가까이 가져가 속삭이기도 했다, 그러고 나면 평결이 내려졌다. 그것은 징계일 수도, 칭찬일 수도, 호된 꾸짖음일 수도 있었고, 그를 다른 학생들 앞에서 본보기로 삼을 수도 있었으며, 그에게서 토요일뿐만 아니라 일요일 외출까지 박탈할 수도 있었다. 하지만 여기서는 그 평결의 내용보다는, 행위 그 자체, 바로 절차가 본질적인 것이었다고, 나는 나의 아내에게 말했다. 나는 아내에게 이 모든 것들에 대해 어쩌면 다 말해서는 안 되었던 거라고 느꼈다, 적어도 몇 날 며칠, 몇 주 동안이나 다른 이야기는 다 제쳐 두고 오직 그 이야기만 해서는 안 되었을 것이다, 왜냐하면 그것은 그녀를 지루하게 할 뿐만 아니라, 틀림없이 괴롭혔을 것이므로, 나는 그 이야기들로, 물론 그녀가 느꼈을 괴로움보다는 조금 덜했겠지만, 나 자신도 괴롭혔다, 조금 더 정확하게 말해, 나는 스스로를 조금 덜 괴롭힌 것이 아니라 다르게 괴롭혔던 것이라고 말할 수 있겠다: 나는 내가 그녀를 괴롭게 했던 것보다 더 충실하게 나를 괴롭혔던 것이다, 그것을 나는 이미 감지하고 있었다, 내가 나의 아내에게 나의 어린 시절 이야기를 들려주는 동안, 이미 그때부터 나는 정확하게 감지하고 있었다, 그 이야기를 하는 동안 새로운 위협으로 갑작스레 다시 곪기 시작한 내 어린 시절의 농양이 점점 더 자라 부풀어 오르고, 마치 터져버리기라도 할 듯이 내 안에서 팽팽해지는 것을, 마침내 터져버리기까지 하는 것을 나는 감지하고 있었다, 말하자면 나는 나의 이야기로 스스로를 제대로 괴롭혔던 것이다, 그러나 그와 동시에 나는 이야기하는 것을 통해, 그 고통을 통해 조금 가벼워졌다고 느꼈다. 이 의식은, 나는 나의 아내에게 말했다, 마치 신의 심판과 같았다, 말하자면 군대의 분대장 정도 되는 사람이 구상할 만한 정도였던 것인데, 나는 나의 아내에게 말했다, 그렇다, 이 의식은 아우슈비츠에서의 점호와 같았다, 다만 그만큼 실제와 같다고 할 수는 없었고, 그저 놀이일 뿐이었다고, 나는 나의 아내에게 말했다. 나중에 나는 그 교장 또한 그곳에 있던 화장터들 가운데 한 곳에서 연기가 되어 사라졌다는 걸 알게 되었다, 그리고 내가 이 사실을 어떤 궁극의 증거라고 느낀다면, 그것은 아마도 역시 그가 나에게 받게 했던 교육의 결실, 그가 믿었고 나에게도 교육적으로 가르쳤던 문화의 결실이라고 해야 할 것이라고, 나는 나의 아내에게 말했다. 근본적으로 보다 냉정하고, 보다 비인간적인, 그리고 사실상 보다 계산적인, 이 교육적 독재의 세계로부터 나는 갑자기 가부장적 온정의 공포 정치가 지배하는 세계로 옮겨 가게 되었는데, 내가 열 살이 되었을 때 나의 아버지가 나를 자신의 집으로 데려갔던 것이라고, 나는 나의 아내에게 이야기했다. 그 무렵, 돌이켜 보면, 나는 아버지에 대한 나의 감정들을 글로 써내려고 여러 번 시도했었다, 아버지와 나 자신의, 뭐랄까, 꽤나 복잡한 관계에 대한 하나의 그림을 그려 보려 했었다, 물론 공정하지는 않더라도 — 우리의 아버지들을 앞에 두고 어떻게 우리가 공정해질 수 있겠는가, 진실을 앞에 두고 어떻게 나 스스로 공정해질 수 있겠는가 — 최소한 어느 정도는 정확한 그림을 그려 보려 했다, 하여간 나에게 오직 하나의 진실, 나의 진실이 존재한다면, 비록 그 진실이 하나의 착오라 하더라도, 나의 삶 자체가, 오 하느님! 오직 나의 삶이 나의 착오를 유일한 진실에 봉헌할 수 있을 것이다, 그러니까 말하자면 나는 어떻게든 받아들일 수 있는 그림을 그려 보고자 시도했던 것이다, 그러니까 나의 아버지에 대한, 아버지에 대한 나의 감정에 대한, 그리고 아버지와 나의 관계에 대한 그림을, 그러나 그것은 단 한 번도 성공하지 못했다, 그리고 이제는 내가 그것을 해낼 수 없으리라는 것도 잘 알고 있다, 그리고 내가 결국 지금도 다른 그 무엇이 아닌 바로 그 일을 하고 있다는 것, 언제나 그래 왔던 것처럼 지금도 그 헛수고를 지속하고 있다는 것, 그리고 이후로도 끊임없이 그것을 시도하리라는 것 또한 알고 있다, 여하튼 그것을 예감하며, 혹은 최소한 그렇다고 믿고 있다. 예를 들면 "나는 나의 아버지에게 있어서 그것이, 스스로 나에게 오는 길을 발견하는 것이, 얼마나 불가능한 일인지를 나의 머릿속에 스스로 그려 낼 수 있어야 한다……"
라고 썼다. "……그는 자기 자신에게 그랬던 것처럼, 나와도 억
압적인 관계였다, 그것을 그는 아무 의심 없이 사랑이라 부르
고, 또한 그렇게 믿었을 것이다, 그렇다, 만약 우리가 이 말을
그 부조리함 속에서 받아들이고, 그것의 폭압적인 내용에서
눈을 돌릴 수 있다면, 그것은 사랑이었을 것이다, 라고 나는
썼다. 기숙 학교에 있을 때 나는 규율을 잘 다루었다, 규율이
무섭다고 생각하긴 했지만, 규율을 그다지 존중하지는 않았
다고, 나는 나의 아내에게 말했다. 사실 그것은 행운의 얼굴을
하고 있었는데, 나를 때려눕힐 수도, 내게 은혜를 베풀 수도
있었다, 그럼에도 불구하고 나의 양심은, 단 한 번도 그것에
닿지 않았다: 진정으로 죄인이 되었던 것은 비로소 사랑이라
는 굴레를 쓰고 난 후였다고, 나는 나의 아내에게 말했다. 나
의 어린 시절 가운데 바로 이 기간이 나를 생각할 수 있는 최
악의 위기로 몰아넣었는데, 나는 마치 원시인들처럼, 애니미즘
적인 신앙의 세계에서 살았던 것이다, 나의 생각들은 수많은
금기들로 포위되어, 나는 심지어 그 금기들에 실제로 물리적
인 힘이 있다고 느끼며 그들의 전능함을 믿을 지경이었다고,
나는 나의 아내에게 말했다. 하지만 그러는 동안에도, 의심할
여지 없이 내 아버지의 영향 아래, 나는 전지전능한 분이 있다
고 믿었다, 그는 나의 생각을, 그것이 형성되는 바로 그 순간부
터 헤아리고 있다고 믿었다, 하지만 종종 헤아릴 수 없는 생각
들이 나에게 떠오르기도 했다. 나의 아버지는, 예를 들면, 때
때로 나의 양심에 호소하는 습관이 있었다고, 나는 나의 아내

에게 말했다. 이때 반복을 피하는 것은 불가능했다, 그게 무슨 말인가 하면, 나는 나의 아내에게 말했다, 나는 언제나 그가 무슨 말을 하려는지 알고 있었다고, 마치 그의 말을 미리 엿듣기라도 한 것처럼, 그보다 앞서서 속으로 몰래 그의 기도를 암송하곤 했고, 그는 순종하듯 뒤따라 기도를 되풀이했던 거라고: 한순간이나마 나는 자유를 되찾았다, 그러나 등이 오싹해지는 한기를 느끼기도 했다고, 나는 나의 아내에게 말했다. 겁에 질려서 나는 무언가를 와락 붙잡으려 했다, 그의 셔츠 깃이 어설프게 구겨진 것을 보게 된 것만으로, 살짝 떨리는 그의 손에서 느껴지는 외로움을, 그의 안간힘이 새겨진 이 맛살을, 아무 쓸데 없는 그의 고충들을 — 바싹 마른 해면처럼 결국 나를 무르고 무기력하게 만드는 그 어떤 것을 — 알아보게 된 것으로 충분했다. 그러고 나서 나는 비로소 그 구원의 말을 마음속으로 읊조릴 수 있었다, 승리의 말이자 동시에 성급한 퇴각의 말: 가장 비천한 자…… 해면이 부풀기 시작했다, 나 자신의 감정에 북받쳐 눈물이 흐르기 시작했다, 그리고 그렇게 아버지의 위협적인 사랑의 결과로 계속 나를 짓누르던 빚을 조금 갚았다. 그 모든 것을 다 떠나서, 그 모든 것에도 불구하고, 그리고 사랑이라는 말의 두 가지, 혹은 그보다 훨씬 많은 해석들에도 불구하고, 내가 그를 사랑했는지, 나의 아내가 나에게 물었을 때, 나는 나의 아내에게 대답했다, 모르겠다고, 그리고 그것을 아는 일은 너무나 어려운 것 같다고, 왜냐하면 너무도 많은 그의 비난과 너무도 많은 그의 요구에 직면하게 될 때마다 내가 언제나 생각하고, 느끼고 깨닫게 되는 것은, 다시 말하면, 내가 생각하고, 느끼고, 깨달아야만 했던 것은, 내가 그를 사랑하지 않는다는 것이었다, 혹은 적어도 제대로 사랑하지 않는다는, **충분히** 사랑하지 않는다는 것이었다, 그리고 내가 그를 사랑할 수 없었기 때문에, 나는 아마도 그를 사랑하지 않았을 것이라고, 나는 나의 아내에게 말했다, 그리고 내 생각에는, 나는 나의 아내에게 말했다, 그것은 그것대로 아무 문제 없다고, 나의 생각을 조금 과격하게 표현하자면, 그것은 그렇게 예정되어 있었던 것이라고, 나는 나의 아내에게 말했다, 왜냐하면 그렇게, 오직 그렇게만이 우리는 이상**적 틀로 구축한** 존재를 가능하게 할 수 있기 때문이라고. 통치권은 논란의 대상이 될 수 없다, 그리고 논란의 대상이 될 수 없는 것은 통치자의 법이다, 그 법에 따라 우리가 살아야만 하는 것이다, 우리는, 그럼에도 불구하고, 이 법을 빈틈없이 준수한 적이 한 번도 없다: 아버지 앞에서, 그리고 하느님 앞에서 우리들은 언제나 죄인이라고, 나는 나의 아내에게 말했다. 그리고 바로 그와 같은 것에 적응하도록, 즉 기숙 학교와 같은 **문화에** 적응하도록 나의 아버지 또한 나를 준비시켰던 것이다, 그리고 그 목적에 대해서는 아버지가 그다지 골몰하지 않았다, 마치 내가 나의 거부와 나의 불복종과 나의 실패에 대해 깊게 생각하지 않는 것처럼: 우리는 비록 서로를 이해할 수는 없었지만, 우리가 서로 주고받은 영향은, 그럼에도 불구하고, 완벽했다고, 나는 나의 아내에게 말했다. 내가 아무리 노력한들 그를 사랑했었는지 아닌지 알지 못하더라도, 내가 이따금 진심으로 그에게 연민을 느꼈음은 분명하다: 내가 때때로 그를 웃음거리로 만들고는, 바로 그것 때문에 그에게 연민을 느끼고, 말하자면 그것을 통해 — 아무도 모르게, 언제나 처음부터 끝까지 은밀하게 — 아버지의 통치와 권위와 신을 무너뜨림으로써, 그 — 나의 아버지 — 만 나에게 행사하던 힘을 잃어버린 것은 아니었다, 나 또한 그것을 통해 지독하게 외로워졌다고, 나는 나의 아내에게 말했다. 내가 살아갈 세계의 질서를 재건하기 위하여, 나에게는 군주가 필요했다고, 나는 나의 아내에게 말했다, 그리고 나의 아버지는 내가 살아가는 약탈적인 세계의 질서를 다른 것으로 교체하려는 시도를 단 한 번도 하지 않았다, 예컨대 우리가 함께 강제 수용소로 이송되었던 현실의 질서, 다시 말하면 적나라한 진실에 근거한 질서 같은 것으로 교체하려는 시도를 한 번도 하지 않았다고, 나는 나의 아내에게 말했다. 나쁜 아들이자 나쁜 학생이었던 것처럼, 나는 나쁜 유대인이었다고, 나는 나의 아내에게 말했다. 내가 유대인이라는 사실은 출생에 관한 일종의 불투명한 상태로 남아 있었다, 내가 가진 여러 결점들 가운데 하나, 붉은색 잠옷을 입고 거울 앞에 앉아 있는 대머리 여자로 남아 있었다고, 나는 나의 아내에게 말했다. 그리고 나는 물론 그 밖에도 더 많은 것들에 대해 아내에게 말했지만, 그 모든 것들에 대해 지금은 더 이상 기억할 수 없다. 그러나 얼마나 나 자신이 메말라 버렸는지, 그리고 지금도 얼마나 메말라 있는지 투덜대며, 내가 그녀를 몹시 지치게 했다는 것은 기억한다. 아우슈비츠, 나는 나의 아내에게 말했다, 그것은 훗날 나에게 아주 어린 시절부터 몸에 익도록 교육받았던 저 미덕들의 과장으로 비쳤을 뿐이라고. 그렇다, 그때, 나의 어린 시절과 함께, 내가 받았던 훈육과 함께 절대 눈감아 버릴 수 없는 나의 좌절, 결코 다 견뎌 내지 못한 나의 견딤이 시작되었다고, 나는 나의 아내에게 말했다. 나는 나의 삶을 파괴하는 저 소리 없는 음모에, 언제나 흠잡을 데가 없었던 것은 아니지만, 꽤 열성적으로 가담했던 거라고, 나는 나의 아내에게 말했다. 아우슈비츠, 나는 나의 아내에게 말했다, 그것은 나에게 아버지의 모습으로 나타난다. 그렇다, 아버지라는 말과 아우슈비츠라는 말은 나의 내면에서 똑같은 울림을 일으킨다고, 나는 나의 아내에게 말했다. 그리고 신이 찬양받는 한 명의 아버지라면, 그렇다면 신은 나에게 아우슈비츠의 모습으로 현현했던 것이라고, 나는 나의 아내에게 말했다. 마침내 내가 입을 다물었을 때, 수많은 말들을 내뱉고는 오랫동안, 어쩌면 하루 내내 아무 말도 하지 않았을 때, 아내가 애처로워 보이기는 했지만, 그녀는 내가 이야기한 것들을 이해하지 못한 것 같았다, 조금 더 정확히 말하자면, 그녀는 내가 말한 것들을 내가 말한 바대로 이해하지 못한 것 같았다, 다시 말하면 그녀는 내가 ─ 이런 말이 무슨 소용이 있겠는가만 ─ 그것을 당연히 정확하게 알고 있다는 것을 알아차리지 못한 것 같았다: 이유 없이(이것은 내가 여기 덧붙일 수 있는 최소한의 것이다), 나는 그러니까 이유 없이, 의미 없이, 그리고 아마도 바로 그녀가 어쨌거나 나에게 귀를 기울여 주었기 때문에, 나의 분노를 모두 그녀에게로 돌렸던 것이다, 격앙이라는 단어를 이 지점에서, 이 관계에서, 그것을 운운하는 것이 정말 어울리지 않는 이 상황에서 사용하지 않아야 한다면 말이다, 즉 내 말은 이런 뜻이다: 나의 아내는 내가 이 모든 것을 이야기하고, 털어놓고, 바깥에 게워 버린 뒤에는 그 모든 것으로부터 스스로를 아마도 **풀어 주었을 것**이라고 믿은 것 같았다, 마치 내가 그 모든 것으로부터 나를 풀어 줄 수 있는 것처럼, 그 모든 것으로부터 나를 풀어 주는 일이 가능하기라도 한 것처럼, 그렇다, 아마도 그녀는 그렇게 생각했을 거라고, 나는 생각했다, 멈칫거리는 몸짓이기는 했지만, 나에게 가까이 오려는, 이해하려는 마음으로 나에게 가까이 다가서려는 그녀의 시도를 내가 알아차렸던 것이다. 당연히 나는 빗장을 지르고 그녀에게 거리를 두었다; 당연히 나는 그 어떤 종류의 이해심도 감당할 수 없었다, 실제로 단지 내가 강제 수용소로 이송된 적이 있다는 사실만 겨우 증명할 뿐인 이해심은 견딜 수 없었다. 그러나 이것은, 아마도 나의 방식, 내가 아내를 다루던 방식에서 자라난, 어떤 원초적 힘을 들여다보는 것에 비하면 사소한 것일 뿐이다, 혹은, 그렇다, 환하게 빛을 발하던 밤의 그 마지막 순간들에 나는 그 단어, 여기에 꼭 맞는 그 단어를 써야만 할 것 같다, 왜냐하면 그것만이 진실을 밝히는 말이기 때문이다: 내가 그녀를 말하자면 얼마나 학대했는지. 그렇다, 내가 그토록 무자비했던 것, 그녀에게 **그토록 솔직한 방식으로 무자비했던 것**은 ── 어떤 의미에서는 ── 그녀를 눈앞에 결코 둘 수 없는 존재로 만들었던 것 같다, 그리고 내가 이제 말하려는 것은 당연히 어떤 과장, 거대한 과장이지만, 어떤 의미에서는 내가 그녀를 살해한 것이나 다름없으며, 그녀는 동시에 그것의 목격자가 되어, 내가 한 인간을 어떻게 살해하는지 바라보고, 지켜보았던 것이다; 그리고 나는 그것에 대해서는 그녀를 결코 용서할 수 없을 것 같다. 여기서 그 시간들에 대해 생각해 보는 것은 불필요하다, 예컨대 우리가 얼마나 더 그렇게 말없이 함께 살았는가, 살 수 있었는가에 대하여. 나는 끝없이 무너져 내렸고, 무기력했고, 그리고 고독했다, 이번에는 회복이 불가능할 것으로 판명될 지경이었다, 말하자면 나의 일도 앞으로 진척시키기는커녕 그와 반대로 완전히 멎어 버렸다. 그러는 동안 내가, 물론 겉으로 드러내지는 않았지만, 나의 아내를 향한 불만들, 그 불만들을 내가 촘촘하게 짜내고 있는 동안, 내심 아내로부터 어떤 도움을 기대했던 것은 아닌지, 나는 확신할 수는 없다; 그러나 비록 그랬다 하더라도, 그녀에게 그것이 알려질 만한 어떤 내색도 하지 않았다. 어느 날, 내 기억이 정확하다면, 저녁 무렵이었다, 내가 정확하게 기억하고 있음이 틀림없는데, 그것은 꽤 늦은 저녁이었다, 나의 아내가 어디선가 막 집으로 돌아오고 있던 참이었다, 아내가 어디에 갔었는지는 모른다, 나는 캐묻지 않았다, 그녀가 어디를 다녀왔는지 묻지도 않았다, 그녀는 아름다웠다, 그리고 바로 그 순간, 짙은 구름 뒤에서 번개가 번쩍하듯 그 생각이 나를 꿰뚫고 지나갔다: '정말 예쁜 유대인 여자군!' 자연스럽게, 수줍어하며, 그리고 우수 어린 모습으로, 그녀는 마치 바다 위를 걷듯이, 녹청색 카펫 위를 가로질러 나에게 다가오는 것처럼 보였는데, 그날 저녁, 그녀는, 나의 아내는 침묵을, 우리들의 침묵을 깨뜨렸다. 조금 늦은 시간이지만, 나의 아내가 말했다, 내가 아직 여기 앉아서 책을 읽고 있는 것을 보았다고. 미안하다고, 나의 아내가 말했다. 하지만 지금까지도 너무 바빴다고, 아무튼 그런 일에 당신은 아무 관심도 없을 테지만요, 라고 그녀가 말했다. 내가 이곳에 앉아서 책을 읽는 것, 책을 읽거나 혹은 글을 쓰는 것, 책을 읽고, 그리고 글을 쓰는 것, 그 모든 것의 결말은 똑같다고, 나의 아내가 말했다. 그렇죠, 나의 아내가 말했다, 그것은 나에게 큰 교훈이었죠, 그 전부가, 그러니까 우리들의 결혼이. 나 때문에, 나의 아내가 말했다, 자신은 모든 것을 이해하게 되었고, 경험하게 되었다고, 자신의 부모와 함께한 경험을 바탕으로는 이해하지 못했던 것들, 그리고 이해하려고 하지도 않았던 것들을. 지금 자신이 이해하고 있는 그 모든 것을, 그때, 어린 소녀였을 때 알았더라면 자신은 스스로 목숨을 끊었을지 모른다고. 자신은 남몰래, 나의 아내가 말했다, 마음 깊은 곳에서, 오랫동안 자신을 겁쟁이라고 생각했다고, 하지만 이제야 알게 된 것은 — 그것을 깨닫게 되기까지 나, 그리고 나와 함께 보냈던 시간들이 상당히 큰 도움이 되었는데 — 자신은 그저 살고 싶었을 뿐이라는 것, 살아야만 했을 뿐이라는 것이다. 그리고 지금도, 나의 아내가 말했다, 지금도 자기 안의 모든 것들이, 자기가 살고 싶어 한다고 말하고 있다고. 그녀는 내게 미안해하고 있다고, 무엇보다도 자기가 이렇듯 속수무책으로 나에게 미안해해야만 하는 상황이 미안하다고, 말했다; 하지만 그녀는 나를 구하기 위해(나는 아무 말도 하지 않았다, 그녀가 선택한 어휘들이 나를 무척 당혹스럽게 했음에도 불구하고), 자신이 할 수 있는 모든 것을 다 했다고, 말했다. 오직 감사하는 마음으로, 아내는 말을 이어 갔다, 내가 자신에게 길도 열어 주었다고, 비록 그 길을 내가 자신과 동행할 수는 없겠지만 말이다, 그것은 나의 이성보다 저 상처들이 더 강력하기 때문일 거라고, 그녀가 말했다, 내가 내 안에 지금도 지고 있는 상처들, 내가 어쩌면 그들을 치유할 수 있음에도, 치유하고자 하지 않았던 ― 최소한 그녀에게는 그렇게 보이는 ― 여전히 치유하지 않으려 하는 상처들, 그리고 우리의 사랑, 우리의 결혼을 그것의 대가로 치러야 했던 상처. 다시 한번 그녀는 나에게 유감이라고 말했다, 다른 사람들이 나를 낭떠러지로 몰아가는 것이, 그리고 나 또한 그대로 몰락해 버린 것이 유감이라고, 처음에 그녀는 이런 걸 예상하지 않았다고 했다, 그와 정반대로, 나의 아내가 말했다, 처음에 자신은 바로 그 점 때문에 나에게 경외심을 품게 되었다고, 즉 사람들이 나를 낭떠러지로 몰아가더라도, 그럼에도 불구하고 나는 낭떠러지로 떨어지지 않을 거라고, 당시에 그녀는 그렇게 생각했다고, 말했다; 자기가 그 점에서 잘못 생각한 것이, 나의 아내가 말했다, 그렇게 나쁘지만은 않았다고, 자신의 내면에 어떤 환멸의 감정 따위를 불러일으키지도 않았다고, 비록 의심의 여지 없이 그것 때문에 고통을 겪긴 했지만, 최악은 아니었다고, 나의 아내가 말했다. 그녀는 나를 구원하고 싶었다는 말을 반복했다, 하지만 불임은, 그녀의 모든 노력, 헌신, 사랑에도 불구하고 극복할 수 없었던 불임은 서서히 나를 향한 자신의 헌신과 사랑을 사멸시켰으며, 자신의 내면에 오직 무용함, 불임, 그리고 불행의 감정만을 남겨 두었다고, 말했다. 그녀는 내가 언제나 자유에 대해 많은 이야기를 했다고 말했다, 하지만 내가 줄곧 언급했던 자유는 나에게 있어서, 나의 아내가 말했다, 실제로는 나의 직업의 자유, 예술가의 자유(이렇게 나의 아내가 말했다)를 의미하는 것이 아니었다고, 사실은 그 어떤 자유를 의미한 적도 없다고 말했다, 우리가 자유라는 관념 아래서 드넓고, 강하고, 포용적인 어떤 것을 이해하고 있다면 말이다, 거기에 또한 책임, 그렇다 사랑이 따르는 어떤 것을 이해하고 있다면, 내가 이야기한 자유는 그런 것이 아니었다고, 나의 아내가 말했다; 아니다, 나의 자유는 언제나 실질적으로 항상 어떤 것에, 혹은 누군가에게 반대하여 저항하는, 그 어떤 일 또는 인간들을 반대하는 자유였다고, 나의 아내가 말했다, 공격이거나 도피, 혹은 동시에 그 둘을 모두 포괄하는, 그것이 없이는 나의 자유란 애초에 존재하지 않는다고, 왜냐하면 나의 자유란 그것 없이는 절대 존재할 수 없는 — 그렇게 보이는 — 것이기 때문이라고, 나의 아내가 말했다. 그러므로 만약 "그 어떤 것 혹은 누군가"가 없을 때면 내가 그렇게 매달릴 어떤 관계를 고안하고, 그리고 만들어 낼 것이라고, 나의 아내가 말했다, 그것으로부터 도망을 치거나 또는 그것에 저항할 수 있는 무엇인가를 갖기 위하여. 그리고 내가 자기에게 이번에도, 이미 수년간 그랬던 것처럼, 이 끔찍한, — 내가 이번 한 번만큼은 자기가 후련하게 이야기하도록 놓아두어야 하는데 — 이 가련한 역할(내가 즐겨 쓰는 표현 중 하나를 가져다 쓰자면)을 무자비하고도 교활하게 또다시 맡겼다고, 나의 아내가 말했다, 하지만 그것은 도움을 구하는 연인이 그가 사랑하는 사람에게 청하는 방식도 아니고, 환자가 의사에게 요청하는 방식도 아니라도, 나의 아내가 말했다, 내가 자신에게 이 역할을 맡긴 것은 (다시 한번 그녀는 내가 가장 즐겨 쓰는 말 가운데 하나를 사용했는데), 마치 가해자가 피해자를 대하는 방식이었다고, 나의 아내가 말했다. 그녀는 내가 나의 영혼으로 자신을 때려눕혔다고 말했다, 그런 다음 자신에게서 동정심을 일깨웠고, 자신의 동정심을 일깨운 후에는, 내가 자신을 나의 청중으로, 잔인한 내 어린 시절과 끔찍한 나의 이야기를 들어 줄 청중으로 만들었다고, 말했다, 그리고 자기가 기꺼이 이 이야기들의 일부가 되고자 했을 때, 나를 미궁에서, 늪에서, 그렇다, 이 이야기들의 진흙탕에서 끄집어내, 자신에게로, 자신의 사랑으로 이끌어 가고자 했을 때, 그것으로 우리가 함께 이 진창으로부터 기어 나와 그것을, 마치 몹쓸 병에 대한 기억처럼, 영원히 등 뒤로 던져 버리고자 했을 때: 그때 갑자기 자신의 손을 내가 놓아 버리고는(그렇게 나의 아내는 표현했다), 자신에게서 벗어나, 되돌아 늪을 향해 달려갔다는 것이다, 자신에게는 더 이상 힘이 남아 있지 않았다고, 나의 아내가 말했다, 다시 한번, 몇 번이 더 필요할지 누가 알겠는가, 나에게 다가가 다시금 그곳에서 나를 끄집어낼 기운이 남아 있지 않았다고. 왜냐하면 내가 그곳에서 벗어나고 싶어 하지 않는 것처럼 보였기 때문이라고, 나의 아내가 말했다, 자기가 무엇을 하더라도, 내가 나의 잔인한 어린 시절과 끔찍한 이야기들에서 벗어날 길은 어디에도 없는 것 같았다고, 나의 아내가 말했다, 심지어 자기가 나를 위하여 자신의 목숨을 희생하더라도, 그것이 아무 소용 없는 일로 끝날 것임을 알고 있다고. 그렇다, 우리가 조우했을(이 단어를 나의 아내가 사용했는데) 때, 그때는 마치 내가 자신에게 살아가는 법을 가르쳐 주는 것처럼 여겨졌다고, 그러나 얼마 지나지 않아 자신은 얼마나 파괴적인 힘이 내 안에 도사리고 있는지를 경악스럽게 목격해야 했다고 말했다, 내 곁에 남은 자신을 기다리고 있는 것은 삶이 아니라, 파멸이라는 사실을. 그것의 원인은, 나의 아내가 말했다, 바로 병든 자의식이라고, 병들고 손상된 자의식, 그녀는 다시, 또다시 그 말을 반복했다, 영원히 중독된, 나아가 독을 더 퍼뜨리며 오염시키는 자의식, 깨끗이 없애야만 할 자의식, 이라고 나의 아내가 말했다, 그렇다, 나의 아내가 말했다, 살고자 하는 사람이라면 그것으로부터 완전히 벗어나 떨쳐 버려야 한다고, 그리고 자신은 결단을 내렸으며, 자신은 살고자 한다고, 거듭 말했다. 이 말을 하고 나서 나의 아내는 잠시 말이 없었다, 어깨를 약간 들어 올린 채, 팔짱을 끼고, 홀로, 겁먹은 듯, 창백한 얼굴로 거기 서 있는 아내를 바라보고 있는데, 불현듯, 혹은 뭐랄까, 어쩔 수 없이, 그녀가 어쩌면 추위에 떨고 있는 것은 아닌가, 하는 걱정스러운 생각이 스쳤다. 그 순간 그녀가 다시 말을 이었다, 재빠르고 무미건조하게, 마치 내게 전하자마자 그 곤혹스러운 맛이 순간적으로 사라질, 어떤 곤혹스러운 소식을 전하는 사람처럼, 그렇다, 그것을 감추는 것은 아무 의미도 없다고, 자신에게 "누군가 생겼다"라고, 그녀가 말했다, 자기가 생각하는 바대로라면, 곧 결혼하게 될 누군가. 그리고 그는, 그녀가 덧붙였다, 유대인이 아니라고. 아내가 했던 그 모든 말들 가운데 오직 이 한 가지 통보만을 부당하다고 내가 여기기라도 하는 것처럼, 비로소 그때 내가 목소리를 높였다는 것은 어쩌면 흥미롭기도 하다. 나를 대체 뭐라고 생각하는 거냐, 혹시 구제 불능의 인종 차별주의자로 보는 거냐? 나는 그녀에게 소리를 질러 댔다. 이 따위 시대와 이 따위 세계를 이해하기 위해서, 나는 소리를 질러 댔다, 아우슈비츠에 다녀올 필요까지는 없었다, 그리고 나는 내가 깨달은 것을 이후로 더 이상 부정하지 않을 것이다, 나는 소리를 질러 댔다, 그 어떤 우스꽝스러운 삶의 원칙에 따라, 비록 그것이, 내가 인정할 수밖에 없듯이, 매우 명료한 것일지라도, 궁극적으로는 그저 적응의 한 원칙에 불과한 삶의 원칙에 따라 나의 깨달음을 부정하지 않을 것이라고, 어디 해 보자, 나는 소리를 질러 댔다, 나는 그것에 대해서는 전혀 이의가 없다, 하지만 여기서 분명히 하자, 나는 소리를 질러 댔다, 그렇다, 여기서 동화(同化)라는 것은 어느 한 인종 — 인종이라니! 웃음도 나지 않는다! 하나의 다른 인종! 웃음도 나지 않는다! — 의 동화가 아니라는 것은 분명히 하자, 그것은 현존하는 것, 나를 둘러싸고 현존하고 있는 것들, 존재하고 있는 관계들에의 **총체적 동화**인 것이다, 나는 소리를 질러 댔다, 이렇거나 혹은 저런 상황과 관계들, 그들의 상태를 그들이 존재하고 있는 그대로 판정하는 것은 쓸데없는 일이다, 오직 **우리들의 결정**이 가치 있는 일이다, 완전한 동화를 수행할 것인가, 완전한 동화를 수행하지 않을 것인가, 그것을 판단하는 일은 심지어 우리들의 의무이기도 하다, 라고 나는 소리를 질러 댔다, 하지만 아마도 이미 조금 차분해진 목소리로, 그다음에 우리는, 이것이 우리들의 의무인데, 우리들의 능력을 평가해야만 한다, 우리가 과연 총체적 동화를 수행할 수 있는지 혹은 우리가 그것을 수행할 수 없는지, 그리고 이미 어린 시절에 나는 그것을 해낼 능력이 없다는 것을 똑똑히 깨달았다, 현존하는 것들, 존재하고 있는 것들, **삶** 자체에 나를 동화시킬 능력이 없다는 것을, 그러나 그럼에도 불구하고, 나는 소리를 질러 댔다, 나는 그럼에도 불구하고 견딜 것이다, 존재할 것이다, 그리고 살아갈 것이다, 다만 내가 그것에 무능하다는 것을 아는 채로, 그렇게, 이미 내 어린 시절에 똑똑하게 깨달았던 대로: 만약 내가 동화된다면 내가 동화되지 않을 때 ─ 이 경우도 마찬가지로 나를 죽이게 될 것인데 ─ 보다 오히려 더 나를 죽이게 될 것이다. 그리고 이런 관점에서는 내가 유대인이든 유대인이 아니든, 그것은 아무 상관도 없는 일이다, 비록 여기서 유대인이라는 것은 말할 것도 없이 큰 이점이긴 하지만 말이다, 그리고 바로 이와 같은 관점에서만, 대체 이것을 이해는 하고 있는 거냐고, 나는 소리를 질러 댔다, 다만, 오로지 이런 유일한 관점에서만 나는 기꺼이 유대인이고자 한다고, 오로지 바로 이 관점으로만 나는 그것을 행복이라고 본다고, 심지어 특별한 행복이라고, 심지어 **은총**이라고, 내가 유대인이라는 그것이 아니라, 나는 나인 것에 환호하는 것이라고, 소리를 질러 댔다, 더 나아가 내가 낙인찍힌 유대인으로서 아우슈비츠를 경험할 기회를 가졌다는 것에, 그것을 통해 내가 유대인으로서 무엇인가를 경험하고 무엇인가를 눈으로 목격하고 무엇인가를 알고, 그것으로부터 벗어날 수 없는, 앞으로도 영원히 벗어날 수 없을 무엇인가를 돌이킬 수 없이, 영원히 알게 되었다는 것에 환호하는 것이라고, 나는 소리를 질러 댔다. 그러고는 나는 말을 뚝 그쳤다. 그리고 우리는 이혼했다. 내가 그 이후의 시간들을 완전한 황무지에서 보낸 황폐한 시간으로 기억하지 않는다면, 그것은 전적으로 내가 그 몇 년 동안 일했기 때문일 것이다, 어쨌거나 늘 그러했듯이: 그 이후로도, 그 이전에도 그리고 물론 나의 결혼 생활이 지속되었던 동안에도, 그렇다, 나의 일이 나를 구원했다, 비록 그저 나의 몰락을 위해서 나를 지켜 주었을 뿐이지만 말이다. 지난 몇 년 사이 나는 몇 가지 결정적 깨달음에 도달했을 뿐만 아니라, 지난 몇 년 사이 나의 깨달음들이 마디마디 나의 운명과 밀접하게 얽혀 있다는 사실도 깨달았다. 지난 몇 년 사이 나는 내 일의 본질도 깨달았다, 그것은 근본적으로 어떤 삽질과 다르지 않다는 것을, 다른 사람들이 나를 위해 구름 속에, 바람 속에, 허공에 파기 시작했던 저 무덤을 계속 파는 일, 끝까지 파야 하는 일과 다르지 않다는 것을 깨달았다. 지난 몇 년 사이 난 이미 꿈속에서 보았던 것들을 다시 꿈꾸었다, 이제는 내가 알고 있듯이, "선생님"의 사례가 남긴 숙제와 은밀한 희망을. 지난 몇 년 사이 나는 나의 인생을 깨달았다, 한편으로는 사실로서, 다른 한편으로는 **영혼**의 실존 양식으로서, 더 정확하게 말하면, 살아남음의 실존 양식으로서, 어떤 살아남음을 더 이상 살아 내지 않는, 살아 내기를 원하지 않는, 그렇다, 아마도 살아 낼 수 없을, 그럼에도 불구하고 그것을 요구하는, 경우에 따라서는 그것이 **형상화되기**를 요구하는, 마치

둥글게 다듬은, 유리처럼 단단한 물체라도 되는 양, 마침내 그
것이 그렇게 존속할 수 있도록, 무엇을 위해서인지는, 아무래
도 좋다, 누구를 위해서인지는, 아무래도 좋다 ── 모두를 위해
서든, 그 누구를 위해서도 아니든, 현존하는 누군가를 위해서
든, 지금은 사라지고 없는 누군가를 위해서든, 결국엔 같은 결
말에 도달하게 될 것인데, 그 누군가를 위하여, 우리 때문에
그리고 (어쩌면) 우리를 위해서 부끄러워하게 될 그 누군가를
위하여; 내가 그럼에도 사실로서, 생존이라는 그 순전한 사실
을 깨끗이 지우고 청산하게 된다면, 그것은 이 사실이 우연하
게도 바로 나 자신인 경우에만, 또한 그러할 것이다, 그리고 다
만 그러할 것이다, 지난 몇 년 사이 내가 숲속에서 오블라트
박사와 우연히 마주치게 되는 일이 일어났던 것이다. 지난 몇
년 사이 나는 나의 결혼 생활에 관한 쪽지들을 쓰기 시작했
다. 지난 몇 년 사이 아내는 나를 다시 찾아 주었다. 언젠가 그
녀가 써 줄 새로운 처방전들을 기대하면서, 평소 자주 찾던 커
피숍에서 기다리고 있을 때였다, 그녀가 두 아이를 손으로 이
끌고 들어왔다. 검은 눈에, 작은 코 주위에 주근깨가 엷게 흩
어져 있는 여자아이와 회청색 자갈처럼 밝고 초롱초롱한 눈
을 가진, 고집 센 남자아이였다. 아저씨에게 인사하렴, 그녀가
아이들에게 말했다. 그것은 나를 완전히 뒤흔들어 놓았다. 나
는 가끔, 대대적인 절멸 후에도 살아남은 족제비처럼 남루한
모습으로, 도시를 헤집고 다닌다. 그럴 때면 나는 하나의 소
리, 또 다른 표정에 감각을 기울인다, 저세상으로부터 층층이
쌓인 기억들의 울림이 딱지가 앉아 무덤덤해진 나의 감각들로

밀어닥친다, 한 집, 한 집을 지나갈 때마다, 하나의 길모퉁이를 돌고, 또 다른 길모퉁이를 돌 때마다 나는 겁에 질려 멈춰 선다, 숨을 몰아쉬며, 겁에 질린 눈으로 주위를 살핀다, 도망을 치고 싶지만, 무언가 나를 꼭 붙잡고 있다. 내 발아래 하수구에서는, 마치 내 기억의 오염수가 보이지 않는 하천 바닥으로부터 나를 쓸어 버리기 위해 터져 나오려는 것처럼, 시끄럽게 소용돌이치고 있다. 지금이다, 이제 그것이 끝났다, 나는 준비가 되었다. 나의 마지막 위대한 노력 속에 나는 여전히 연약하면서도 완강한 나의 삶을 보여 주었다 — 나는 보여 주었다, 높이 들어 올린 내 양손에 이 삶의 봇짐을 들고 길을 떠나려, 마치 어두운 강의 소용돌이치는 검은 물속으로라도,

가라앉으려는 듯
오 하느님!
저를 가라앉히소서
영원히

아멘.

진실보다 더 강력한 것은 없다

제2차 세계 대전 기간 동안 나치는 강제 노동과 대량 학살을 목적으로 여러 수용소들을 만들었다. 임레 케르테스는 청소년기에 아우슈비츠 수용소를 거쳐 부헨발트[1]로 이송된 후, 부헨발트의 분소인 자이츠에 수용된다. 이곳에서 일 년여를 보낸 후, 종전과 함께 연합군에 의해 풀려난 케르테스는 1945년 고향 헝가리로 돌아온다. 케르테스가 수용되었던 곳은 절멸

---

1) 본문에서 작중 화자가 철학자와 마주쳤던 요양소 인근 '너도밤나무 숲'은 독일어로 'Buchenwald'인데, 이는 케르테스 자신이 한때 수용되어 있었던 강제 수용소를 부르는 말이기도 하다. 이 수용소에서는 학살보다는 주로 의학 실험이 행해졌다. 수용소가 자리한 너도밤나무 숲 너머에는 에터스부르크 성과 공원이 있다. 나치주의자들이 독일 정신의 구현이라고 선전했던 괴테는 이 성에 머물렀고, 이 공원을 즐겨 산책했다.

수용소로서 보통의 노동 교화소나 강제 수용소와 달리 오로지 유대인 절멸을 목적으로 세워진 곳이다. 나치는 절멸 수용소와 죽음의 수용소라는 용어를 혼용하며 이들 수용소를 여타 강제 수용소와 구분했고, 그 존재를 기밀로 다루며 필사적으로 숨기려 했다. 때문에 나치는 이 절멸 수용소를 연합군이 당도하기 전에 어떻게든 없애 버리려 했었다. 참혹한 수용소에서 살아남은 생존자 중 한 사람인 케르테스는 1975년에 출간된 소설『운명』에서 나치의 절멸 수용소에서 겪었던 끔찍한 일에 대한 기억들로 고통스러워하며 예전의 평범했던 일상으로 되돌아가지 못하는 십 대 소년의 모습으로 등장한다. 이는 1990년에 출간된 이 소설『태어나지 않은 아이를 위한 기도』에서도 계속되는데, 말하자면 이 작품은 소설『운명』에 대한 응답인 것이다.『운명』이 아우슈비츠 절멸 수용소에 관한 이야기라면,『태어나지 않은 아이를 위한 기도』는 그 이후에 관한 이야기라고 할 수 있다.

케르테스는 독실한 유대교 신앙인은 아니지만 망자를 위한 유대교식 기도에서 소설의 제목과 구성을 따왔다. 소설 제목에 사용된 용어 카디시(Kaddis)는 히브리어-아람어로 신성함을 의미하는 고대 유대인의 기도로서, 하느님의 위대함, 전능함과 자비를 시적인 형태로 표현한 것이다. 그 유래에 관해서는 두 가지 주장이 있다. 하나는 조상의 죄가 자손에게 미친다는 예로부터의 생각을 부정하고, 죄를 범한 개인이 그 죄에 대한 책임을 져야 한다고 말하는 성경 속 예언자 에스겔로부터 나왔다는 주장이다. 다른 하나는 탈무드에서 기원한다는 주장이다. 하느님께 영광을 돌리는 일에 대한 이야기를 주요 내용으로 하는 카디시는 사랑하는 가족을 잃었음에도 불구하고 자신들이 하느님을 향한 믿음을 잃지 않았음을 표현하고자 유대교 회당에서 상을 당한 자들이 암송하곤 한다. 때문에 이 소설 제목에는 헝가리인이라면 대부분 공감할 수 있고 또 익숙한 흥미로운 역설이 하나 포함되어 있다. 작가가 아직 이 세상에 태어나지도 않은 아이를 위해 애도의 기도를 한다는 점이 그것이다. 이와 비슷한 사례를 페렌츠 에르켈이 곡을 붙여 오늘날 헝가리인들의 애국가로 불리는 페렌츠 쾰체이의 시 작품 「힘누스(Himnusz)」에서 찾아볼 수 있다. 이 작품의 첫 연과 마지막 연은 다음과 같은 구절로 마무리된다.

이 민족은 과거와 미래의 모든 죗값을
이미 다 치렀나이다!

이 시에서 과거의 죗값뿐만 아니라 미래의 죗값까지 치렀다고 말하고 있듯, 케르테스는 아직 이 세상에 태어나지도 않은 아이를 위해 위령 기도를 하려 한다. 아직 태어나지도 않은 자식의 죽음을 노래함으로써 '생육하고 번성하라'라는 하느님이 인간에게 준 특권과 명령에 대한 단호한 거부 의사를 표시하는 것이다. 홀로코스트 생활이 남긴 커다란 트라우마에서 헤어 나오지 못하는 케르테스는 유대인으로 태어날 아이가 아우슈비츠라는 비인간적 실체를 허락했던 이 세상에서 다시 고통을 겪지 않도록, 인류 역사의 지속 가능성인 생식을 포기하겠다고 선언한다. 전후 사회는 여전히 비인간성이 극복되지 않았기 때문에 자신이 겪은 비극을 다음 세대에게 물려줄 수 없다는 문제의식에 대한 케르테스의 인식이 소설 제목에 명확하게 드러나 있는 것이다. 케르테스는 홀로코스트의 끔찍한 생존의 환경을 알리고 그것이 우리에게 어떤 영향을 주었는지 규명하기 위해 글을 쓰기 시작했다. 자신의 실존과 정체성을 고민하며 자신의 삶을 되돌아보는 케르테스의 글쓰기는 비참했던 생활과 배고픔, 살인, 죽음 등을 비판하거나 고발하는 것이라기보다, 또는 그 생존자들이 어떤 방식으로 고통을 당했는지에 대한 것이라기보다, 참담한 고통의 시간 이후 그들이 견디고 버틴 삶 그 자체인 것이다. 참혹한 장면 하나 없이 홀로코스트의 참상을 환기하고 있는 이 소설은 살아남은 자들에게 건네는 치유의 손길로서, 홀로코스트 이후의 삶을 괄호 쳐 버린 기존 작품들에 대한 독자들의 허기를 채워 준다. 케르테스에게 홀로코스트 문제는 우연이 아니며 인류가 오래전부터 인간성을 상실해 옴으로써 발생한 비극으로 해석된다. 때문에 홀로코스트의 진정한 비극은 인류가 파시즘의 야만에 대한 자기 성찰의 기회를 잃어버리게 되었다는 것이다. 그리고 인간성의 본질을 탐구해 온 케르테스는 기억하는 것은 인간애의 표현이자 문명의 신호라고, 이러한 일이 되풀이되지 않도록 경계를 소홀히 하지 말아야 한다고 반복해서 상기시키고 있다.

소설은 루마니아 출생의 독일 시인 파울 첼란의 시 「죽음의 푸가」2)를 인용하며 시작한다. 첼란 또한 제2차 세계 대전 중 나치 독일이 저지른 홀로코스트로 가족을 잃었으며, 이후 나치에 의한 유대인 학살의 끔찍한 기억을 안고 고통스럽게 살았다. 그가 처했던 가장 근원적인 비극은 자신의 인생에 가혹한 상흔을 남긴 가해자의 언어로 시를 써야 한다는 데 있었다. 그는 자신이 경험한 참혹했던 유대인 포로수용소의 기억을 시적으로 형상화한다.

······더 어둡게 바이올린을 켜라, 그러면 연기가 되어/너희는 공중으로 오른다,/그리고 너희는 구름 속에 무덤을 갖는다,/거기서는 비좁지 않게 누울 것이다.

케르테스는 파울 첼란의 시를 인용함으로써 자신이 전달하고자 하는 메시지를 암시적으로 표현하고 있다. 첼란이 죽음을 '푸가'라는 음악 형식을 빌려 유희적으로 노래하며, 실재했던 끔찍한 '죽음'을 서정적인 은유에 담아내듯, 그리고 참혹한 수용소의 기억을 '공중'과 '땅'에 무덤을 파며 '무도곡'을 연주하는 시적 상황으로 형상화했듯, 케르테스는 자신의 글쓰기

---

2) 파울 첼란의 본명은 파울 안첼(Paul Antschel)인데 본래 이름의 애너그램인 첼란(Celan)을 필명으로 사용했다. 1920년 옛 합스부르크 왕가의 변방으로 독일어를 사용하는 루마니아 북부 부코비나의 체르노비츠에서 태어난 유대계 독일 시인이자, 번역가, 문학 비평가였던 그는 홀로코스트로 인한 정신적 충격을 감당하지 못하고 1970년 4월 파리 센강에 몸을 던져 자살했다. 이 시는 헝가리어로 '죽음의 탱고'라는 제목으로 발표되었다가 추후 독일어로 번역되면서 「죽음의 푸가」로 개칭되었다.

작업의 본질을 다름 아닌 "삽질", "다른 사람들이 나를 위해 하늘에 만들기 시작했던, 그 무덤을 파내는 끝없는 삽질에"지나지 않는 것이라 정의하고 있다. '하늘에 있는 무덤'이라는 표현에서 파울 첼란과 케르테스의 연관성이 뚜렷하게 드러나는 바, 순종을 버리고 맞서서 반항할 위치에 있지 않았던 첼란과 케르테스에게 '무덤'이란 무력하게 학살당한 이들의 시체가 묻힐 매장지로 읽힌다. 이러한 표현 방식은 작품 속 그 어떤 설명도 없는 인용문들을 통해 계속 이어지고 있다. 그 가운데 하나는 "Der springt noch auf(저 새끼 아직 살아 있다)"라는 독일어 구절이다. 이 구절은 분명 헝가리 현대 문학의 거장들 가운데 한 명인 미클로시 러드노티의 작품에서 가져왔을 것이다. 이 작품은 하마터면 우리에게 영원히 전달되지 않은 채 어딘가에 묻혀서 썩어 버릴 뻔했다. 세르비아의 보르라는 광산 도시의 강제 노동 수용소로 끌려간 유대인 러드노티는 패전을 예감한 독일군에 의해 오스트리아로 강제 이송된다. 이송 과정에서 죽음의 행군을 이어 가는 동안 러드노티는 세르비아어로 '그림엽서들(Razglednicak)'이라는 뜻을 담고 있는 제목의 시를 자신의 수첩에 기록했다. 러드노티는 바이올린 연주가인 자신의 친구가 독일군 SS 병사에 의해 살해되는 장면을 목격하고는 이 시를 쓰게 된다. 마지막인 네 번째 그림엽서 텍스트에 그의 친구가 총에 맞는 장면이 나온다. 첫 번째 총알은 치명적이지 않았고, 그때 "Der springt noch auf"라는 말이 들려온다. 그리고 두 번째 총알은 예술가의 목숨을 앗아 간다. 엄중하면서도 간결한 문장들과 잔인한 독일어 어휘들이 한 사람의 최후를, 완전한 절망감을 넌지시 일러 주고 있는 것이다. 아무런 설명도 없이 본문에 언급되는 또 다른 표현은 바로 "바르샤바의 생존자"이다. 이는 오스트리아 태생 유대계 미국 작곡가인 아널드 쇤베르크가 바르샤바 게토에서 일어난 유대인 봉기 과정에서 학살된 희생자들에게 바친 칸타타의 제목으로 1947년에 완성되었다. 이 칸타타는 절멸 수용소에서의 나치즘의 횡포와 바르샤바 게토의 참상을 알리며, 무고한 희생자들의 절박하고도 숭고한 저항 의식을 표현한 작품이다. 쇤베르크는 강제 수용소에서 살아남은 생존자들로부터 들은 잔혹한 이야기들을 바탕으로 이 작품의 대본을 직접 썼다고 한다.

파울 첼란의 시에 이어 소설의 본문은 곧바로 "아니요!"라는 격렬한 부정적 진술과 이의 제기의 외침으로 시작한다. 이러한 외침은 장(章)의 구분 없이 긴 단락들로만 이루어진 소설 전체에 걸쳐 반복해서 이어진다. 의식의 흐름을 통해 전개되며 작중 화자에게 자연스럽게 일어나는 사건들은 그 시간적 순서의 제약 없이 주제와 주제를 넘나들며, 겉으로는 서로 무관해 보이는 주제들이 화자 고유의 생각 속에서 결합되고 연결되며 의미를 만들어 내고 있다. 화자는 연대기적인 나열이 아닌, 에워싸거나 가로지르는 여러 형태로 자신의 삶과 과거를 말하며 기억 속에서 떠오르는 사건들로 소설 전체를 채워 나간다. 대부분의 사건은 감상과 기억을 통해서, 기억하고 떠올리는 방식으로 간접적으로 전달되며 이 소설만의 매력을 증대시킨다. 또한, 작품을 읽다 보면 케르테스에게는 자신의 생각들을 메모해 두는 습관이 있었음을 알게 된다. 이 작품은 전체적으로 이러한 메모지들에 기록된 일련의 생각들이 마치 사슬처럼 연결되어 있는 구조다. 이러한 구조적 특징 때문에 독자는 종종 서술 내용에 대한 이해를 도울 만한 자연스럽고 개연성 있는 설명이 부족하다고 느낄 수도 있는데, 메모지에 기록된 끝없이 이어지는 생각의 사슬을 통해 끊임없이 표류하는, 중단 없이 끈질기게 지속되는 서사는 이 소설의 중요한 특징 가운데 하나라고도 할 수 있다.

케르테스는 이 소설을 통해서 '바로 우리의 본능이 우리의 본능에 반하여 작동하는 것이, 말하자면 우리의 반(反)본능이 우리의 본능을 대신하고, 더욱이 본능인 것처럼 작동하는 것이 이미 아주 자연스럽게 받아들여지고 있다'라는 자신의 인생관을 반영한 생각들을 능숙하고도 간단명료하게 전달하고 있다. 그는 우리가 항상 무언가에 대해 해명하고 변명하고 있으며, 삶조차도 우리에게 해명을 요구하고 있기 때문에, 우리가 해명하는 일을 피할 수 없다고 말한다. 그런 다음 그는 실제로 우리가 우리 자신에게 해명을 요구하고 있는바, 그러한 과정에서 결국 우리 자신은 우리 주변을 에워싸고 있는 모든 것들로 스스로를 완전히 무너뜨리거나, 과도하게 해명하는 단계에까지 이르게 된다고 거듭 말한다. 케르테스가 자신의 과오에 대해서 또는 그 자신이 과오라고 생각하는 자질에 대해서 이야기하기를 두려워하지 않는 것은 분명하다. 때문에 그는 자신이 끔찍이도 싫어하는 일이지만, 말하고자 하는 어떤 억누를 수 없는 강박적 충동에 사로잡혀 이처럼 대담한 글쓰기를 하고 있는 것이다. 케르테스에게 삶이란 운명의 신진 대사와 같은 것으로, 그러한 "삶은 오히려 보이지 않는 노력이고, 글을 쓴다는 것은 오히려 보이는 노력인 것이다". 케르테스가 자신의 창작 과정을 설명하며 창작의 원동력이 자신의 노이로제임을 묘사하는 장면은 흥미롭다. 신경증이 가라앉으면 창작에 대한 그의 욕구도 가라앉는다. 하지만 반대로 또 다른 트라우마가 엄습해 오면, 그의 창작에 대한 욕구 또한 불타오른다.

이 작품에서 주목해야 하는 것 중 하나는 케르테스와 그의 아내의 관계다. 케르테스의 의식은 종종 그의 아내의 본능인, 자연스러움과는 대조를 이룬다. "성공을 원하지 않는다면, 당신은 어째서 글을 쓰고 있죠?"라는 질문에 케르테스는 대답하지 않는다. 왜냐하면 사람이 성공을 추구하는 길로 들어서면, 성공하거나 아니면 실패하는 길만 있을 뿐, 제삼의 길은 없다고 생각하기 때문이다. 그는 아내의 삶에 대한 본능이 자신의 의식과는 상충된다는 것을 깨닫고 있다. 남편을 자신의 스승으로 여기는 케르테스의 아내는 그에게서 "인간이 스스로 유대인으로 살아갈 것인지 아닌지를 결정할 수 있다"라는 것을 배운다. 그리고 케르테스는 다음과 같이 말한다. "지금까지, 그녀는 유대인에 대한, 혹은 유대인과 관련한 책을 읽을 때면 어김없이, 얼굴이 또다시 진흙 속에 처박히는 사람의 기분이 되었다고 했다. 이제야 그녀는 처음으로 고개를 들 수 있을 것 같은 기분이라고, 나의 아내는 말했다." 케르테스의 아내는 그가 자신에게 사는 법을 가르쳐 주었다고, 그 곁에서 자유로워진 느낌이 든다고 거듭 강조한다. 이 작품에서 케르테스는 그의 아내가 이제 자신의 아내가 아니라 이미 다른 누군가의 아내임을 반복적으로 언급한다. 여기서 독자는 작품 속에 묘사된 열정에도 불구하고 그들의 결혼 생활이 왜 실패했고, 그들이 어쩌다 이혼에까지 이르렀는지 궁금증을 갖게 된다. 과연 무엇 때문이었을까? 아내가 그에게 아이를 갖고 싶다고 선언했을 때, 그들의 화목한 관계에 갈등이 일어나기 시작한다. 케르테스는 아내의 요구에 단호하게 "안 돼!"라고 대답한다. 아내의 입장에서는 아이를 갖는 것이 삶에 대한 본능의 발현이다. 하지만 작가는 다음과 같이 말한다. "인간의 가장 큰 범죄는 태어난 것이다". 이 문장은 스페인 극작가 페드로 칼데론 데라바르카의 희곡 『인생은 꿈』 제1막에서 인용한 것으로, 아이를 갖는 일에 대한 작가의 태도를 잘 보여 준다. 케르테스는 자신이 이러한 결정을 내린 이유에 대해서 자세히 설명한다. 그는 이 세상이 한 어린아이에게 얼마나 추악한 곳인지 이미 오래전부터 알고 있었다고 말한다. 그는 부모의 이혼을 비이성적인 것으로 받아들였다. 그가 부모에게 이혼 사유를 물었을 때 돌아온 대답은 "우리는 서로를 이해하지 못했단다."라는 것이었다. 이에 대해 그는 다음과 같이 말한다. "두 사람 모두 헝가리어를 쓰지 않는가, 라고 나는 생각했다. 그들이 어째서 서로를 이해하지 못했는지를 이해하는 일, 그것은 나에게는 불가능했다." 궁극적으로 케르테스는 아이를 갖고 싶지 않다고 말하는 것이다. 독자가 작품을 읽어 가다가 아직 태어나지도 않은 아이의 부재에 직면할 때, 케르테스는 정확하게 답변한다.

"나의 존재를 너의 존재 가능성으로 간주하는 것, (……) 너의 비-존재를 나의 존재의 과격하고 필수 불가결한 청산으로 간주하는 것." 결국 그의 아내는 그를 떠난다. 그녀가 떠나는 이유는 살고 싶어서다. 그녀의 본능은 마지막까지 케르테스 자신의 본능적인 삶의 욕망과는 정반대의 입장에 놓여 있다.

이 작품의 흥미로운 곳 중 하나는 작가가 그의 아내를 위해 쓴, 하지만 그녀에게 넘겨주지 않았던 메모지를 언급하는 부분이다. 만일 이 메모지가 그의 아내에게 전달되었더라면, 과연 어떤 일이 일어났을지 궁금하다.

> ……우리는 서로 사랑하고, 그러면서도 자유로울 수 있을 것이다, 나 또한 잘 알고 있지 않은가, 우리들 가운데 그 누구도 남편으로서의 자기 운명, 아내로서의 자기 운명으로부터 달아날 수 없다는 것을, 그리하여 우리는 저 고통을, 확실히 그다지 현명하지 않은 자연이 우리에게 얹어 놓은 고통을 견뎌야만 하는 것이다: 그러고는 다시금 반복될 것인데, 내가 바라는 것은, 말하자면 내가 너를 향해 나의 손을 뻗으며 바라는 것은, 오직 네가 나의 아내로 남아 있는 것이다; 그리고 내가 너를 그와 동시에, 그러니까 너도 너의 손을 뻗으며 마침내 나의 것이 되었을 때, 다만 내가 나의 자유를 지키기 위하여, 너를 너의 희생 속에 가두게 된다면……."

케르테스가 이 작품에서 다루는 주요 주제들 가운데 한 가지는 자유를 찾고 지켜 나가는 일에 관한 것이다. 아내를 통해서 케르테스는 자신의 자유를 위해 스스로를 감금하고 있다고 말한다. 동시에 케르테스는 아래와 같은 서술을 통해서 인생의 가변성을 매우 생생하게 표현한다.

그리 오래전 일도 아니지만 — 동시에 까마득한 영원처럼 멀게 느껴지는 — 이전의 그 수용소 생활에서 말이다, 더 엄밀히 말하자면 나의 수용소 생활이 더 이상 수용소의 생활이라고는 할 수 없었던 그 시기, 우리들을 감시하던 군인들의 자리에 우리들을 해방시키러 온 군인들이 들어섰던 그 시기의 수용소 말이다, 어쨌거나 그것도 수용소의 삶이긴 했다, 나는 여전히 수용소 안에서 살고 있었으므로. 그것은 이러한 변화 — 즉 우리를 감시하던 군인들의 자리가 우리를 해방시킬 군인들로 대체되었던 — 가 일어났던 바로 그다음 날이었다, 그다음 날 아침 나는 병원 막사에서, 그러니까 당시 나는 완곡하게 말해, 몸이 성치 않아 병상에 누워 있었는데, 물론 병원 막사에 누워 있어야 할 근거는 이미 찾을 수 없는, 그런 환자였지만, 그간 내게 더 익숙했던 불운들만큼이나 당황스러운 행운의 모습을 띤, 일련의 상황들이 맞아떨어져, 어쨌든 나는 병원 막사에 누워 있었다, 그리고 다음 날 아침 막사로부터, 그러니까 병실로부터 나와, 이른바 화장실이라는 곳으로 비틀거리며 나아갔다, 그러곤 이른바 화장실이라는 곳의 문을 밀고 들어서서는, 곧바로 세면대 또는 어쩌면 그 전에 소변기 쪽으로 이동하려고 했었던 것 같다, 순간적으로, 이 표현 그대로 일어났던 상황이라, 난 이 진부한 표현보다 더 적절한 표현을 생각해 낼 수가 없다, 순간적으로 발이 땅에 뿌리박혀 버린 듯 멈춰 섰다, 요컨대 한 독일군 병사가 세면대에 서 있었고, 내가 들어서자 천천히 나를 향해서 머리를 돌렸던 것이다; 그리고 내가 순전히 소스라쳐 땅바닥에 주저앉거나 기절하기 전에, 바지를 오줌으로 흥건히 적시기 전에, 혹은 누가 알겠는가, 무슨 일이 또 벌어질 수 있었을지, 내 시선이 공포의 검회색 짙은 안개 너머로 어떤 움직임을, 세면대 쪽으로 나를 부르는 그 독일군 병사의 손동작을 알아차렸고, 그 독일군 병사가 나를 향해 흔들던 손에 들려 있던 걸레를, 그리고 미소를, 그 독일군 병사의 미소를 알아차렸다, 다시 말하자면, 그 독일군 병사는 그저 세면대를 닦고 있었을 뿐이고, 그의 미소는 그저 나에게 세면대를 언제든 써도 된다는 것을 표현한 것뿐이라는 사실을 내가 천천히 깨달은 것이다, 독일군 병사가 나를 위해 세면대를 닦았다는 것, 그것은 세상의 질서가 바뀌었다는 것을 의미했다, 세상의 질서가 바뀌어도 달라진 것은 아무것도 없다는 것을 의미했다, 다만 어제까지는 내가 포로였는데, 오늘은 그가 포로가 되었다는 것 정도만큼 세상의 질서가 달라졌으며, 그 정도의 변화만큼이 무시될 수 없다는 것을 의미했다,

이러한 상황은 우리가 살고 있는 이 세계의 변동성과 혼란상을 잘 보여 준다. 작품의 순환적인 구조, 반복적으로 거론되는 주제와 내용이 이러한 혼란상을 더욱 강화해 간다. 작품 속에서 여러 번 거론되는 하늘에 파고 있는 무덤들이 파울 첼란의 영향을 나타내는 것처럼 말이다.

이 작품의 또 하나의 중요한 내용은, 작가에 따르면, 악에는 항상 이성적인 설명이 따른다는 것이다. 그리고 실제로 설명할 수 없는 것은 악이 아니라 선이라는 것이다. 이 작품 속에는 "선생님"이라는 캐릭터가 등장한다. 아우슈비츠 강제 수용소는 개개인이 자신의 생존을 위해서라면 무슨 일이든 하는 곳이다. 생존의 중요한 토대 중 하나가 식량이다. 화물 열차로 이송되는 과정에서 "선생님"이라 불리는 인물에게 실수로 여분의 배식이 이루어진다. 하지만 "선생님"은, 자신에게 실수로 주어진 배식을 화물칸에 꽉 들어차 있는 사람들을 필사적으로 헤집고 나아가 원래 그것을 받아야 했던 사람에게 전달한다. 이러한 상황에서의 선행은 그 어떤 보상도, 그에 걸맞은 그 어떤 답례도 기대할 수 없는 비합리적인 자기희생이다.

나를 소리쳐 부르고 미친 듯이 사방을 헤매며 "선생님"이 나를 향해 비틀거리며 다가온다, 손에는 차갑게 식은 내 몫의 배식을 들고서 말이다, 그러고는 들것에 실려 있는 나를 발견하자, 재빨리 내 배 위에다 그것을 올려놓는다;

케르테스의 경험과 가차 없는 결론에 따르면 나쁜 것은 합리적이고 설명할 수 있는 것이고, 선한 것은 비합리적이고 이해할 수 없는 것이다. 아우슈비츠에서 경험했던 연대는 뭔가 이해할 수 없는 것이지만, 그럼에도 뭔가 존재하는데, 아마도 "선생님"은 그가 '해야만 했었던' 그 일을 하지 않고, 모든 것을 거부하고는 다른 일을 했을 것이다. '하지 말아야 할' 일,

그리고 이성을 가졌다면 그 누구도 예상할 수 없는 일을 말이다. 케르테스에 따르면 이것이 진정한 자유로, 우리의 육체, 우리의 정신, 우리의 야생 본능과 같은, 어떤 이물질에도 교란되지 않은 개념이, 우리 모두의 마음속에 똑같은 표상으로 살아 있는 것이다.

어린 시절을 회상하는 장면에서 작가는 여름휴가차 헝가리 대평원 지역의 한 마을에 사는 정통파 유대인 친척에게 갔던 이야기를 들려준다. 작가는 어느 날 침실에서 어떤 대머리 여성이 거울 앞에 빨간색 실내복 차림으로 앉아 있는 장면을 보게 되고, 이 장면은 어린 시절 작가에게 트라우마로 남는다. 그 여성은 다름 아닌 작가의 친척 아주머니로 밝혀진다. 작가의 아버지는 아주머니네 가족은 폴란드인들로, 폴란드 여성들은 종교적인 이유 때문에 삭발을 하고 셰이틀이라는 가발을 쓴다고 알려 준다. 폴란드 정통파 유대인 여성은 결혼과 동시에 삭발을 하고 가발을 써야 했던 것이다. 부다페스트 같은 도시 지역 유대인들은 유대인이지만 유대인이라 할 수 없는, 일종의 비유대인 같은 세속 유대인들이었다. 이는 헝가리 문학에서 고전적인 대립 쌍인 도시와 농촌, 민중적인 것과 도시적인 것의 대립으로도 이해할 수 있다.

이 작품을 다 읽고 나서 독자는 그 어떤 답변을 얻기보다는 여러 의문을 갖게 된다. 과연 아이를 갖지 않겠다는 것이 태만일까? 작가의 불신앙에도 불구하고, 제목에 카디시라는 말이 들어간 이유는 무엇일까? 케르테스가 자신의 신앙을 잃지 않았다는 뜻인가? 유대 공동체의 가장 중요한 기도인 셰마 이스라엘에 대한 언급도 작가의 불신앙과 모순된다. 이 기도는 모세 오경 6장[3]에서 모세에 의해 처음으로 언급되었다. 하지만 유대 전통에서는 이 기도가 훨씬 더 오래되었다고 여긴다. 아브라함의 자손, 야곱은 죽음을 앞두고 아들들을 불러 모아 그들에게 자신의 믿음과 전통을 계속해서 따를 것인지 여부를 묻는다. 그들은 이구동성으로 대답한다. "이스라엘아 들으라! 우리 하나님 여호와는 오직 유일한 여호와이시니!" 즉 이 신앙 고백은 믿음을 강화하자고 말하는 것이다.

케르테스는 "행복이란 어쩌면 너무 단순한 것이어서, 그것에 대해서라면 아무것도 쓸 수 없을 거라고" 말한다. 케르테스와 같이 큰 작가가 쓴 문장이라 특별히 강력한 느낌으로 다가온다. 그는 자신이 경험한 극한의 고통을 분명한 언어로 형상화해, 자신의 아픔을 더욱 선명하고 생생하게 그려 내고 있다. 문학을 비롯한 모든 예술 장르는 시대의 변화에 영향을 받기 마련이다. 문학 창작에서 시대성은 독창성만큼이나 중요하다고 할 수 있다. 제2차 세계 대전이라는 비극은 많은 예술 작품 속에서 다양한 형태의 슬픔과 분노, 탄식으로 표현되고 있다. 작가 케르테스는 자신이 경험한 고통과 역사적 진실을 있는 그대로 드러냄으로써, 오히려 우리로 하여금 치유받게 하고 인간의 존엄함과 생명의 숭고함에 대해 다시 통찰하도록 한다. 소설 『운명』이 아우슈비츠 수용소에서 벌어졌던 나치의 비인간적 폭력과 그에 저항하지 못한 채 죽음을 맞이한 수동

---

3) 신명기 6장 4절.

적 이미지의 유대인에게 집중했다면, 아우슈비츠의 기억이 배어 있는 이 작품은 전작의 연장선상에서 인간 이성의 불완전성에 대해 다시 한번 생각하게 한다. 진실보다 더 강력한 것은 없다.

작가 연보

1929년　　11월 9일 부다페스트에서 목재상을 하던 유대인 가정에서 태어났다.

1944년　　6월 30일 열네 살의 나이로 7000여 명의 헝가리 유대인들과 함께 폴란드 아우슈비츠 수용소로 끌려갔다.

1945년　　독일 부헨발트 수용소와 차이츠 수용소에 수용되었다가 2차 세계 대전이 끝나면서 부다페스트로 돌아왔다.

1948년　　고등학교를 졸업한 후 부다페스트 엘테 대학교에 지원했으나 진학에 실패했다.

1948~1950년　　부다페스트 일간지 《빌라고샤그》와 《에슈티부더페슈트》의 편집인으로 일했다.

1951년	신문이 공산당 기관지가 되면서 해고되어 공장에서 노동자로 일했다.
1951~1953년	제철·기계 산업부 언론 부서에서 기자로 일했다.
1953년	프리랜서 작가와 번역가로 일하면서 니체, 호프만슈탈, 슈니츨러, 프로이트, 비트겐슈타인, 카네티, 로트 등 철학자들과 작가들의 작품을 헝가리어로 번역했다.
1955~1960년	이 기간 동안 쓴 여러 글에 이후 출판된 그의 첫 소설이자 2002년 노벨 문학상 수상에 기여한 『운명』의 기본 사상이 나타나 있다.
1973년	십삼 년에 걸쳐 첫 소설 『운명』을 완성하고 머그베퇴 출판사에 출판을 의뢰하지만 거부당했다. 그 과정에 관한 이야기가 『운명』의 후속작 『좌절』에 그려졌다.
1975년	첫 소설 『운명』이 완성된 지 이 년 만에 세피로델미 출판사를 통해 마침내 출판되었으나 문단의 주목을 전혀 받지 못했다.
1977년	자주 사용하는 액자 소설 구조의 단편 소설 「추적자」와 「탐정 이야기」를 발표했다.
1983년	페테르 에스테르하지와 함께 밀란 퓌슈트 상을 공동 수상하면서 그의 첫 소설 『운명』에 대한 독자들의 관심이 증가하기 시작했다.
1988년	『운명』의 후속작이며 '운명 4부작' 중 2부인 『좌절』을 발표했다.

1989년	티보르 데리 상과 어틸러 요제프 상을 수상하면서 문단에서 위치가 공고해졌다.
1990년	'운명 4부작' 중 3부 『태어나지 않은 아이를 위한 기도』를 발표하고, 이 작품으로 '올해의 도서상'과 외를레이 상을 수상했다.
1991년	단편집 『영국 국기』를 발표했다.
1992년	좋아하는 철학자와 작가를 만나 이야기를 나누는 일기 형식의 에세이집 『항해선 일기』를 발표했다.
1993년	홀로코스트를 주제로 강연했던 자료들을 모은 에세이집 『문화로서의 홀로코스트』를 발표했다.
1995년	소로스 재단상과 독일의 브란덴부르크 문학상을 수상했다.
1996년	샨도르 마러이 상을 수상했다.
1997년	단편집 『누군가 다른 사람: 그 변화의 연대기』를 발표했다. 라이프치히 문학상, 프리드리히 군돌프 상, 코슈트 상, 부다페스트 대상 등을 수상하며 문단에서 유명세를 타기 시작했다.
1998년	에세이집 『처형 부대의 재장전 순간에 사색할 수 있는 고요함』을 발표했다.
2000년	헤르더 상과 디 벨트 문학상을 수상하며 작가로서의 명성을 확고히 했다.
2001년	에세이집 『추방당한 언어』를 발표했다.
2002년	노벨 문학상을 수상했다.
2003년	'운명 4부작'의 마지막 작품 『청산』을 발표했다.

2005년	소르본 대학교에서 명예박사 학위를 받았다.
2009년	한 프랑스 신문과의 인터뷰에서 파킨슨병을 앓고 있음을 고백했다.
2014년	헝가리 최고의 훈장인 성 이슈트반 훈장을 받았다.
2016년	3월 31일 향년 86세를 일기로 부다페스트 자택에서 사망했다.

세계문학전집 **391**

태어나지 않은 아이를 위한 기도

1판 1쇄 펴냄 2022년 1월 31일
1판 3쇄 펴냄 2024년 2월 8일

지은이   임레 케르테스
옮긴이   이상동
발행인   박근섭, 박상준
펴낸곳   (주)민음사

출판등록   1966. 5. 19. (제 16-490호)
서울특별시 강남구 도산대로1길 62(신사동) 강남출판문화센터 5층 (우편번호 06027)
대표전화 02-515-2000 팩시밀리 02-515-2007
www.minumsa.com

한국어 판 © (주)민음사, 2022. Printed in Seoul, Korea

ISBN 978-89-374- 6391-4 04800
ISBN 978-89-374-6000-5 (세트)

세계문학전집 목록

세계문학전집은 계속 간행됩니다.